AF449660

Pretexto de antaño

Memorias

Juanita Hernández Espíndola

EDIQUID

PRETEXTO DE ANTAÑO
Memorias
© Juanita Hernández Espíndola

Editado por: Corporación Ígneo, S.A.C.
para su sello editorial Ediquid
José Olaya 169, Ofic. 504, Miraflores. Lima, Perú
Primera edición, julio, 2024

ISBN: 978-612-5142-79-5
Impresión bajo demanda

Hecho el Depósito Legal en la Biblioteca Nacional del Perú N° 2024-04576
Se terminó de imprimir en julio de 2024 en:
ALEPH IMPRESIONES SRL
Jr. Risso Nro. 580 Lince, Lima

www.grupoigneo.com
Correo electrónico: contacto@grupoigneo.com | Teléfono: +51 955 071 270
Facebook: Grupo Ígneo | X: @editorialigneo | Instagram: @grupoigneo

Colección: Nuevas voces

Contenido

PRÓLOGO

El título de pretexto de antaño, surge por las características propias en el contenido que muestran sucesos en una época del pasado lejano, en este sentido el pretexto inmediato es el de dar voz a una sección que perteneció al pasado y que, en ciertos capítulos, pudiera ser catalogado como "lioso de mencionar", de tal manera que los argumentos aquí presentados, sean de utilidad para conocer otro modo de referir los eventos que se relacionan en tiempo, sin embargo, puede distar en su forma, incluso, con las versiones oficiales. Por otra parte, se considera pre-texto, a las conversaciones escuchadas mediante la palabra oral, para posteriormente ser documentadas por medio de la palabra escrita, es decir, la fuente primaria informativa ha sido transmitida y descrita mediante la palabra con el propósito de crear una fuente secundaria en el contenido de este argumento, el cual, evidentemente no se puede ostentar como experiencia propia.

Entre pasado y presente, existe la idea de que una persona ha llegado a vieja cuando sus pláticas contienen repetitivamente eventualidades del pasado, el oyente, normalmente ignora la prédica, y como se dice coloquialmente, "le entra por un oído y sale por el otro", sin embargo, tanta es la insistencia de los ancianos por heredar testimonio, que el oyente comienza a tomar interés cuando escucha o lee una versión igual, semejante, o incluso, diferente a la que involuntariamente, ha prestado oído , de tal manera que ante lo que se ha sabido, y lo que se oye, o se lee después, se recaba información con la cual poder emitir un criterio propio y confirmar que cada quien cuenta las situaciones y eventos de vida acorde al entorno consustancial y propios de su naturaleza, en este sentido y en base a un fragmento de esta obra, es posible poner como ejemplo y puntualizar por lógica, que un hacendado no pudo pasar hambres, como un campesino no pudo carecer de apetito en los tiempos del Virreinato y el Porfirismo, en este respecto, el lector podrá hacer sus propias conjeturas en base a los supuestos aquí presentados.

En este orden de ideas, los resultados que se obtuvieron en el proceso de los cambios históricos, son merecedores de catalogarse en un contexto donde los menos ganaron, y los más, perdieron, sin dejar de lado que el poder ha tomado direcciones transferibles con la peculiaridad de legado, como ejemplo, el concepto de la palabra "hacienda" y en relación con el término de la palabra, encontramos que es una finca donde antiguamente supuestamente se explotaba al trabajador y se le daba como pago la venta de comestible y bártulos en las tiendas de raya de los hacendados y generalmente todavía salían endeudados los trabajadores. En la actualidad, hacienda, en su carácter público, sigue en la mira del trabajador con la recolecta de impuestos, es decir, el trabajador ha sido, es, y será un servidor al servicio de los demás, y contribuyente al Estado, la jerarquía sigue presente, con otros actores y con otros títulos, pero indeleble.

Otra conexión entre pasado y presente, se detecta en el momento en que escuchamos a personas de edad avanzada que refieren haber olvidado el día exacto en que nacieron, o peor aún, nunca lo supieron, y todavía más grave, que no exista prueba oficial de su existencia, tomando en cuenta que en Querétaro comenzó a documentarse el registro poblacional civil a partir de 1864, siete años después de haberse decretado la Ley Orgánica del Registro Civil, en este aspecto es importante mencionar que los registros poblacionales estaban a cargo de la iglesia, es decir, no fue tan posible "borrar del mapa" a algún Cristiano, aun cuando en materia civil, tal como se relata en un capítulo de esta obra, supuestamente se hayan abrasado documentos de identidad.

En otras palabras, la neutralidad que pudo y puede tener una persona no significa libertad, es inminente la adhesión involuntaria a situaciones propias a su entorno y que, ante el reclamo, se encuentra conun final coordinado por poderes superiores.

Finalmente, el pretexto de realizar esta obra tiene el propósito medular de otorgar reconocimiento a los precursores de la economía y las artes del pueblo, dilucidando que se exponen únicamente datos obtenidos en la indagación, por otro lado, de proporcionar información que puede resultar mítica e incluso leyenda, sin embargo, es de buen ser humano ser la voz de quien ya no habla, y que dio testimonio para no cargar pesar en su percepción, de tal manera que sirva para desligar pensamientos que fueron generados por terceros y que sin tener la certeza de ser acontecimientos reales, bien vale la pena no guardarlos en el ropero, en resumidas cuentas, siempre hay víctimas y victimarios, y cada quien tiene su verdad, de tal manera que no hay que tomarse las cosas personales, pues nadie sabe la realidad de los hechos más que quien los vivió y que sin duda alguna, al partir de este plano terrenal, se fue tranquilo o desasosegado.

Blanca Rodríguez
Profesional Asociado en Enseñanza de Lenguas
Universidad Autónoma de Querétaro (UAQ)

INTRODUCCIÓN

Hablar de un pueblo es hacer una narración de eventos que sedesarrollan en el ámbito político, cultural y social de los habitantes tienen a bien transmitir información a través del habla, y que fundamentados en "su verdad" encaminan las palabras hacia la controversia y discrepancia en la historia real de un pueblo y sus pobladores. Ante esta circunstancia es que se considera que los dichos contados repetitivamente se vuelven un hecho en la dinámica de los procesos históricos, aun cuando las causas se relacionan, o no, con las consecuencias, en otras palabras, como dijo Fue George Orwell (1944) "La historia la escriben los vencedores". En este sentido, se puntualiza que la veracidad de los hechos complicados y descritos en tres capítulos se encuentra bajo el criterio del lector, y no de su autora que expone anécdotas de personajes anónimos en transcripciones recopiladas desde los años cincuenta, hasta los años noventa. En este respecto, la narración de esta obra se puede interpretar en la tipología de leyenda, no obstante, esgrime ratificar la información obtenida de los antepasados, toda vez que proviene de la transmisión oral, de generación en generación.

La problemática en el entorno comunitario comienza por acontecimientos relacionados, entre otros aspectos, a la economía, la cultura, y la moral, para la comprensión en cuestión, es indispensable alegar que el ser humano es persuasivo para lograr sus objetivos, así mismo, los factores económicos se conectan estrechamente con los factores culturales y, por ende, de vez en cuando, se desestima la moral. Dicho en otras palabras, desafortunadamente existe la supuesta opresión social que ha permanecido desde tiempos lejanos, las normas de acatamiento son el resultado de la voluntad de quien manda, continuamente existe el mandato y el cumplimiento, volviéndose una tradición cultural en las normas de conducta como las religiosas y los convencionalismos sociales. Por otra parte, la moral, como comportamiento humano, dista entre lo bueno y lo malo que arroja beneficio y perjuicio a los involucrados. Es importante mencionar que el contenido de los capítulos en esta obra no se encuentra bajo un orden cronológico, sin embargo, conforma un tejido circunstancial que, pese a que se centra específicamente en una fracción, no resta importancia a las omisiones que se hacen por impoluto desconocimiento.

Por otra parte, es utópico considerar que existe solución a los problemas acontecidos en el pasado, sin embargo, es factible reflexionar sobre la peculiaridad de las situaciones antiguas para formar criterio propio, y de esa manera determinar las causas reales que originaron los conflictos que han repercutido a la fecha, así mismo, para comprender, hasta cierto punto, el crecimiento económico y laboral actual del área referida.

EL ORIGEN DE LOS QUERETANOS

Mediante la enseñanza escolar se ha hecho saber que los otomíes ylos panes fueron los seres primitivos del Estado de Querétaro, sin embargo, en la época colonial fueron conquistados a pesar de la resistencia que mantuvieron utilizando sus propios medios de defensa, y con la conquista, se comenzó a crear una clasificación de sucesión en un sistema de castas que se regulaba en jerarquías.

Es importante mencionar que en este contenido textual se hace omisión a la ubicación geográfica del municipio en materia, toda vez que aun cuando pertenece al Estado, se hace referencia únicamente a una pequeña porción de una localidad del mismo.

El gentilicio inicialmente era una comunidad otomí, pero con la conquista de los españoles, el clero comenzó a evangelizar y en contubernio con los indígenas aliados, comenzaron a asentarse en las comunidades de Jagüey el Grande, Villa Bernal, Villa de Cadereyta, y Los Pérez, comenzando la nueva reproducción humana que posteriormente sería la descendencia que tomaría el control administrativo de las comunidades o desempeñarían labores propias de su posición en la pirámide jerárquica.

[1]Los indios opusieron resistencia ante la ocupación de las tierras que los españoles invadieron, la inconformidad era tanta que hubo la necesidad de conformar un plan orquestado por misioneros Franciscanos y gobernantes con la finalidad de pacificar a los indios, en este sentido, este cargo lo ocupó el Capitán Alonso de Tovar Guzmán, quien fundó la villa de Cadereyta, logrando la unión entre su grupo de españoles e indígenas provenientes de Hidalgo y Xilotepec, y de esta manera, la pacificación de los nativos. Ahora

---

1 Gobierno de México (2022) *El Virreinato de la Nueva España.*

bien, es indispensable aclarar el concepto de "fundación", toda vez que se tiene la idea que fundar un pueblo, para algunos, significa haber sido habitado por primera vez, en este sentido, se supone que no es aplicable en contexto, dado que el territorio ha sido habitado inicialmente por pobladores indígenas y que con [2]la llegada de los españoles, fueron considerados como nuevos súbditos, y a la vez, sus tierras pasaron a ser nombradas como tierras de ejido y de fundo legal, originalmente nombrado "tierras por razón de pueblo" "tierras para vivir y sembrar", en este orden de ideas, la mano de obra de los indígenas era necesaria para el sostenimiento económico novohispano. Pero retomando el tema de la fundación de la Villa de Cadereyta, cabe mencionar que el término de "fundación" generalmente es entendido como "habitado por primera vez" y en la práctica, supone dar nuevo nombre a una comunidad. Analizando lo anterior, ¿por qué mencionar una localidad que no es el tema principal de esta obra?, la razón es sencilla, toda vez que los registros poblacionales se realizaban en esa locación, habiendo una relación con la existencia humana de aquélla época, tal es el caso de Bernal que en la actualidad sí pertenece a la municipalidad en cuestión, sin embargo, de igual manera, con [3]la llegada de los españoles a México, se le dio el nombre de villa de Bernal, siendo el fundador del mismo, el Teniente Alonso Cabrera, igualmente, ya existían habitantes prehispánicos antes de su fundación.

Desde tiempos prehispánicos también existía la actividad agraria, en lo que se refiere a la ubicación mencionada con antelación, y que por escuchas se dice que originalmente se llamó "San Nicolasito", subsistía la ganadería, por eso la apodada de corral, se acostumbraba a dividir con piedra caliza blanca,

---

2 Goyas Mejía, Ramón. (2020). *Tierras por razón de pueblo. Ejidos y fundos legales de los pueblos de indios durante la época colonial. Estudios de historia novohispana,*(63), 67-102. Epub 21 de enero de 2021.https://doi.org/10.22201/iih.24486922e.2020.63.75367

3 Wikipedia. La enciclopedia libre. *Bernal Querétaro.* Recuperado de: https://es.wikipedia.org/wiki/Bernal_(Quer%C3%A9taro)

(corral banco), la gente de aquellos tiempos no era mucha, los hombres indígenas se iban a trabajar de peones a las haciendas cercanas pero tenían sus animalitos de corral que les daban leche y huevo, los animales más grandes los vendían, habían señores que juntaban sus gallinas y pollos para efectuar la venta, o el trueque. Los peones que trabajaban en las haciendas cobraban en las tiendas de raya y les daban maíz, frijol, artículos, y escaso pago en moneda. Algunos sembraban en tras patio y cosechaban para que no les faltara el alimento, había mucho nopal y órganos de cactus que servían para dividir sus propiedades, las mujeres desgranaban las mazorcas de maíz, atendían a los hijos, y las labores del hogar, es importante resaltar que, ante los relatos de conversadores, se supone que a este pequeño grupo de pobladores se les denominaba como gente indígena.

—De los primeros pobladores, existe descendientes a la fecha, una familia de hombres muy altos que trabajaban de jornaleros en las haciendas aledañas y cuando llegaban a su casa de sus horas de trabajo, se juntaban con vecinos a "echar pulque" y platicaban lo que oían que pasaba con el pleito que se trían los conservadores contra los liberales, Benito Juárez representaba para ellos la esperanza que los libraría del yugo de los patrones que ni siquiera les pagaban su trabajo con moneda, recibían en pago mantas, granos, azúcar y café. Por esa razón apoyaban la causa que estaba por cumplir tres años en disputa, y cuando se enteraron de que las tropas liberales lograron su entrada triunfal a la capital, festejaron a lo grande la victoria de Benito Juárez—.

IDENTIDAD E IDEOLOGÍA POLÍTICA Y RELIGIOSA

En Villa Bernal y Villa de Cadereyta se realizaba la administración de registros parroquiales, es importante mencionar que la iglesia mantenía el control total de los registros de la población al margen del Estado, de tal modo, entrando la Ley [4]Orgánica del Registro Civil, expedida el 28 de julio de 1859, se estableció al Estado como el centro primordial de otorgamiento y control del registro de la población.

Por otra parte, con anterioridad a la Reforma de la Ley Orgánica del Registro Civil, la evangelización indígena otomí comenzó a ser integrada y documentada por el Santo Evangelio de México con la fundación del [5]Convento y Doctrina de San Pedro y San Pablo en Villa de Cadereyta, posteriormente, ascendida a la categoría de cabecera de alcaldía mayor. Con la fundación de Villa de Cadereyta, los pueblos de indígenas de San Miguel Tetillas, San Gaspar y la Congregación española de San Sebastián Bernal, se formalizó la fundación de la misma, en este mismo tiempo se fundarían haciendas virreinales, entre estas; La Nopalera, El Ciervo, San Nicolás del Monte y la hacienda Zituní.

El año de 1824 fue sustancial en la historia de los pobladores al establecerse el Estado de Querétaro adicionándose al nuevo Estado de la federación mexicana aportando más de la mitad del territorio

---

4   Gobierno de México (2018) *AGN Recuerda la creación del Registro Civil Mexicano.*
5 Turismo Cadereyta de (s.f.) Historia. Recuperado de https://turismo-cadereyta.webnode.mx/sobre-nosotros/

estatal que entre ellos actualmente comprende el de la ubicación en cuestión, obteniendo su división territorial y política.

Todos se registraban en los Pérez, allí se hacían los apuntes para que anotaran a los que acababan de nacer o cuando alguien se moría, también cuando se casaban, pero de allí mandaban a Cadereyta para que les dieran el papel de la iglesia, ese es el que valía porque en los Pérez, el subprefecto, nomás apuntaba.

6

[7]En el siguiente mapa se puede apreciar la propiedad comunal y las de menor extensión que indican una ocupación muy antigua.

8

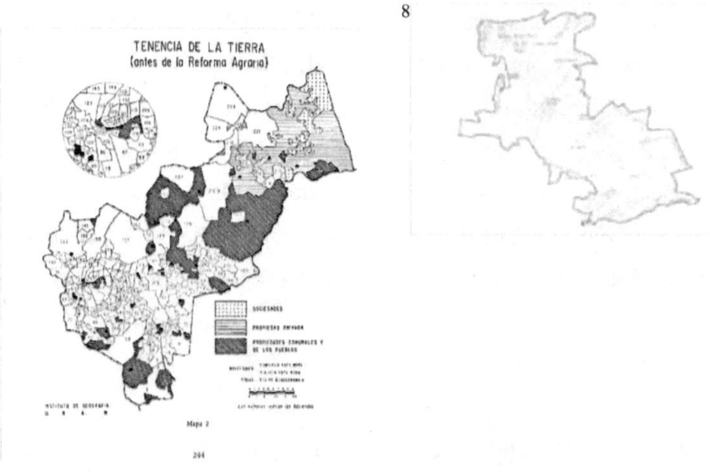

---

6   "Mexico, Querétaro, Registros de la Iglesia Católica, 1590-1970." Base de datos con imágenes. *FamilySearch*. Sitio web visitada 2016. Parroquias Católicas, Querétaro (Parroquias de la Iglesia Católica, Querétaro)

7   Soto A., Consuelo (2009) *La Tenencia de la Tierra en el Estado de Querétaro*

8   De la Torre A. (2022) [Imagen] *Ezequiel Montes*. Gobierno de México. Secretaría de Bienestar.

Según datos del IX Censo General de Población 1970, La Secretaría de Industria y Comercio y La Dirección General de Estadística 1970, Ezequiel Montes comprendía 27 800 hectáreas en superficie del municipio, 6358 en superficie municipal beneficiada para formación de ejidos, un 23 de porcentaje en terreno ejidal, una población de 1207 económicamente activa que se dedica actividades agropecuarias, un número de 468 de beneficiados con parcela ejidal, y con 38 de porcentaje de beneficiados respecto a la población activa dedicada a actividades agropecuarias.

Política

La política puede aludirse a partir de la invasión de España a México, recordemos que los habitantes se encontraban sometidos al sistema virreinal, la política, entonces, se generaba desde las figuras representativas del Rey de España, en este sentido, los Ayuntamientos y Cabildos correspondían al funcionamiento político de la población encuestión referente a esta obra.

[9]Dado a las inconformidades de los pobladores ante el sometimiento monárquico español, comenzó una serie de manifestaciones ideológicas que darían inicio a movimientos políticos que buscaban la liberación de la nación, es así como los insurgentes y republicanos pretendieron que la soberanía residiera en instituciones del pueblo.

Una vez que se logró la independencia de México, y luego de haber pasado más de una década y media, los mexicanos se vieron en la necesidad de seguir luchando en el periodo de la intervención francesa que se repetiría por segunda ocasión después de haber transcurrido un poco más de dos décadas de haberse dado la primera intervención, en este sentido es importante mencionar que la intervención francesa se originó ante el reclamo del pago de la deuda externa

9 Femat R. Roberto. (s.f.) Los partidos políticos antecedentes. Recuperado de: https://www.corteidh.or.cr/tablas/5274.pdf

adquirida con Francia, ya que se había suspendido en el gobierno encabezado por Benito Juárez. Finalmente se consiguió la caída del imperio con el derrocamiento y muerte del Emperador Maximiliano de Habsburgo, sin embargo, los conflictos internos continuaron dando inicio a laRevolución Mexicana a causa de la permanencia presidencial por más de tres décadas de Porfirio Díaz y que culminó con su exilio, posteriormente, los cargos de Presidente se dieron en calidad de "interino" con Francisco I. Madero, y Victoriano Huerta entre otros, después ocuparía la silla presidencial Venustiano Carranza, sin embargo, la campaña militar encabezada por Plutarco Elías Calles,Álvaro Obregón y Adolfo de la Huerta, derivaron en la derrota de su mandato, no obstante, Venustiano Carranza ya había sentado bases con la promulgación de una nueva constitución en 1917, adhiriendo el tema agrario de la nación con la Ley de Ejidos de 1920, sustancialmente con la Reforma Agraria comenzaría un conflicto entre hacendados y campesinos con diputados a favor y en contra de ambos. Cuando Álvaro Obregón llegó al poder, se comenzó a ejecutar la iniciativa de expropiación de tierras que sería recompensada con bonos agrarios.

[10]Eventualmente, Plutarco Elías Calles, en 1929, fundó el Partido Nacional Revolucionario (PNR), y en el año 1938, el Presidente Lázaro Cárdenas, quien ya había hecho repartición de tierras, lo refundó como Partido de la Revolución Mexicana (PRM), mientras que en Querétaro, Saturnino Osornio fungía como Gobernador del Estado de Querétaro. En el año de 1946 se refundó como Partido Revolucionario Institucional (PRI). Es sustancial mencionar la fundación del primer partido político en México, ya que oficialmente se tienen como dato que, en el año de 1940, el Sr. Prócoro Montes Dorantes, se convertiría en el primer presidente del Municipio en cuestión, quien pertenecía al Partido de la Revolución Mexicana (PRM), fue hasta el año de 1997 cuando se disiparía el Partido Revolucionario Institucional (PRI) por el Sr. Hipólito Pérez Montes,

---

10 Wikipedia. La enciclopedia libre. (2023) Partido Revolucionario Institucional. Recuperado de: https://es.wikipedia.org/wiki Partido_Revolucionario_Institucional

quien obtuvo el triunfo electoral con el Partido Acción Nacional (PAN).

De tal manera que después de casi seis décadas de que los habitantes del municipio fueron gobernados por presidentes militantes del mismo partido, se dio un cambio histórico que terminaría por callar bocas, toda vez que, como en todo espacio político, se rumoraba el famoso [11]"dedazo", dicho por Mendoza y Romero es el término que se emplea para indicar que un gobernante, funcionario o aun un candidato a presidente de la República fue elegido por la voluntad de una persona (quien lo señaló con su dedo índice), sin considerar la opinión de los ciudadanos ni de su partido y sin respetar las normas de la democracia.

Ahora bien, tomando en consideración el mito de que la política setransfiere entre familiares y amigos pudientes, y por otro lado, que los adversarios estén de acuerdo cual juego de pirinola, donde "todos ponen", y por suerte de albur, cae del lado de "toma todo", podríamos decir que la política es un pastel de dos sabores puesto en la mesa, los miembros del hogar escogen el sabor a deleitar, invitan al vecino a conocer su suculenta tarta, piden a la empleada doméstica que leacerquen los utensilios para servirse de él, hacen saber a todos los pobladores que el pastel es lo mejor, de lo mejor, y quien tenga oportunidad de tragarlo, se verá beneficiado en digerirlo y recordarlo. Cualquiera de los miembros del hogar que están sentados a la mesa, puede ganar la primer rebanada del pastel, únicamente ellos puede degustarlo con acribia, finalmente la casa gana, y los ganadores que "aguantan vara" dan continuidad a sus vástagos para tomar la rienda y honrar su legado, quien diga lo contrario, se encuentra en el campo de los "no resentidos" y que para éstos, quienes se quejan, no son más que una sección de estólidos, pero no se trata de hablar mal de la política ni mucho menos de sus participantes, menos aún, de algún político en específico, recordemos que reza un dicho que dice *Cada quien habla como le va en la feria*", y la feria, la mayoría vamos como invitados, no como organizadores.

---

11 Diccionario Electoral (s.f.) Dedazo. Recuperado de: http://diccionario.inep.org/D/DEDAZO.html

—En pláticas con familiares y conocidos, decidimos juntarnos para ser militantes del partido, por eso es que la gente siempre ve las mismas caras, es que nosotros fuimos los que iniciamos en la política, desde nuestros antepasados, el pariente era rural Callista, por eso le seguimos en ese partido—.

Aquí llegaba el Gobernador, yo era amiga de la hija del Presidente (Ezequiel), entonces, me hacía el favor de invitarme a los eventos que se hacían, eran de verdad, muy agradables las fiestas, la convivencia entre los habitantes, era estupenda, había mucho respeto, creo que el ejemplo de buena convivencia, la daba el Presidente era muy buena persona, la gente lo estimaba, y sirvió al pueblo por dos o tres periodos, no me acuerdo bien, pero así era la gente en el pueblo, todos nos conocíamos y había mucho respeto.

—"Hubo un presidente que era un poco mal hablado, pero muy buena persona, me acuerdo de que tenía sus gallos amarrados afuera de su casa"—.

—Estábamos de luto en la familia, mi abuela había muerto, era un 15 de septiembre, había música de banda, y cuando el Sr. presidente (Antonio) se dio cuenta que nos acercábamos a la iglesia para lamisa de cuerpo presente, mandó parar la música, ese fue un gesto amable y respetuoso que, hasta la fecha, le agradecemos—.

—"Hemos hecho cosas buenas, trajimos hasta el club de leones, siendo un pueblo, no una ciudad"—.

—Este señor (Juan) siempre fue inteligente, hay que reconocerlo, reunía a jóvenes para que pidieran apoyo a negocios para comprar juguete y los lleváramos a las comunidades, era bien bonito ver la cara de los niños cuando recibían aunque fuera, una pelota, de esos jóvenes, algunos siguieron en la política, ocupando puestos en la presidencia, yo no le seguí porque me fui a la Universidad a San Juan del Río,pero puedo decir que pertenecí al comité en sus inicios, además, este señor, y otros más (Efraín, Herbert, Juan) fueron fervientes impulsores del deporte local—.

—*"Para ser político, todo aquél que tenga labia, habla lo que quiereoír la gente, pero para gobernar solamente los que tienen dinero y losque se cuadran con sus padrinos"*—

—Nadie quería entrarle al otro partido, tú sabes, nadie quiere tener enemistades, creo que nos costó mucho trabajo, yo me sentía señalado, ya después empezaron a entender que teníamos el derecho de buscar ocupar la presidencia por otro lado, teníamos buenas ideas, buenos proyectos, de todos modos, ellos eran muchos, siempre los mismos, yo creo que eso le gustó a la gente de las comunidades y vimos mucho apoyo, las mujeres que empezaron con nosotros eran sencillas, me acuerdo que una señora de una comunidad nos invitó un taco de huevo con chile, las tortillas recién hechas, y se extrañó cuando le aceptamos el taco, dijo que había sentido muy feo cuando otros, le despreciaron sus tacos, ya después, ella se unió al partido y trabajó con nosotros cuando ganamos, ella es muy buena para juntar gente—.

—Mira, *"donde fueres, haz lo que vieres"* al principio, la esposa del candidato iba en tacones a las comunidades, se iba bien arreglada, y se extrañaba mucho cuando se me acercaba la gente a mí, y un poco, aella, es que yo iba sencilla, no creo que les guste ver catrinas en un lugar donde no cuentan ni siquiera con agua o luz, entonces le dije que usara tenis o zapatos de piso, que se vistiera sin tantos collares y pulseras, y luego que me hizo caso, las mujeres empezaron a acercarse a ella, ya cuando la oían hablar, se daban cuenta que no era "alzada", ella es una buena persona, desde sus padres, son gentebuena, y cada vez más, se nos juntaba la gente, es tan sencilla, que se sentaba con las señoras que nos invitaban el taquito, esa fue la vez, que por primera vez, no quedaron los de siempre. Aunque deja te cuento que, por muchos años, por querer tener trabajo, yo apoyé a los del otro lado, y nunca me dieron puesto, ya cuando ganamos con el otro partido, gracias a Dios, me dieron trabajo—.

—Tú nunca has estado en la política, no podrías entender que allí, existe mucho la traición, ayudas juntando gente y luego te dan una patada por el trasero, ponen a otros que no trabajaron para ganar, pero bien que les dan el puesto, por eso se han hecho más políticos aquí, es que quedan con el coraje y luego se juntan con otro bando para fregar alos que los traicionaron, lo peor de todo, es que sea del bando que sea, siempre verás a los mismos en los puestos de la presidencia, al menos dos o tres familias no dejan de ser trabajadores, luego los hijos, uno que otro fuereño, y así se la llevan—.

—Desde que tengo uso de razón, me he dado cuenta de que cuando de repente, alguien te sonríe, y te saluda, es porque está en la política y quiere la simpatía de la gente, lo malo que si quedan, ya no te sonríen igual, es más, si te acercas a la presidencia se portan como si te hicieran favores, y siempre tienen un grupo de personas a las que invitan a sus cosas que hacen, y de los policías, no generalizo porque ha habido de todo, pero desde el principio no eran de aquí mismo (Pompeyo), bueno, hasta una mujer es policía que sí es de aquí, creo que es la primera, ya después llegaron de fuera, cuando agarraron a mi sobrino con sus amigos por andar de borrachos, mi hermano dejó a su hijo en la cárcel para que aprendiera la lección, y lo bueno de todo, es que también iba el hijo del que era presidente (José), y también lo dejó adentro, allí, dice uno, bueno, menos mal que el presidente es parejo, nos dio buen ejemplo-.

—*"Es que andar en la política también te da la preferencia de vender o rentar un terreno o lugar para que se use como oficina y eso te levanta"*—

—*"Se necesita mucho estómago para ocupar esos puestos, siempre hay criticas malas y la gente le busca donde sea para hablar mal, por eso es mejor ni prestar oídos a los chismes"*—

—Pocas veces me he acercado a la Presidencia y sí tuve apoyo de maquinaria para emparejar mi calle que se deslava cuando llueve, es que ese presidente (Severiano) te recibía personalmente, sin sus asistentes, no me cobró ni un peso y me mandó la máquina unas tres veces, dijo que a la mejor me pedía para el diésel, pero gracias a Dios,ni eso—.

Finalmente, haciendo un análisis concerniente a la identidad y a la ideología política en los apotegmas anteriores, es imprescindible dilucidar el concepto de política, [12]*"que suele ser definida como el conjunto de decisiones y medidas tomadas por determinados grupos que detentan el poder, en pos de organizar una sociedad ogrupo particular"*. En este sentido, la identidad e ideología se utilizaron, desde los ámbitos propios, en el afán de obtener los resultados benéficos que a cada parte o partido le convengan.

En resumen, hablar de política es ahondar en un tema de intereses, llámese personales, ocupacionales, vocacionales, culturales, administrativos, e incluso financieros, de tal suerte que es preciso reconocer a aquéllos políticos que han dejado buen ejemplo durante su gestión, y a los que por el contrario, si es que los hubiera y dejaron un supuesto mal recuerdo, diremos como dijo [13] Winston Churchill "En el curso de mi vida, a menudo me he tenido que comer mis palabras pero debo confesar que es una dieta sana".

Religión

La mayoría de los pobladores profesan la fe católica, es una conducta heredada de generación en generación, de tal suerte que es necesario volver a mencionar

---

12 "Política". Autor: Equipo editorial, Etecé. De: Argentina. Para: *Concepto.de*
13 Jujo (2020) andwritting. Frases de Winston Churchill. Disponible en: https://andwritings.com/frases-de-winston-churchill/

la invasión de los españoles a México, recordemos que es a partir de su llegada a suelo americano, cuando se comienza a ejercer el cristianismo, que en otras palabras, es la fe en Cristo, dando cabida a lo que se había anunciado en las profecías del antiguo testamento, donde Dios mandó a su hijo, el mesías Jesús de Nazaret, para que por medio de su sacrificio, fueran perdonados los pecadores.[14]" En esto consiste el amor: no en que nosotros hayamos amado a Dios, sino en que él nos amó y envió a su Hijo para que fuera ofrecido como sacrificio por el perdón de nuestros pecados" (1 Juan 4:10). Para profesar la fe, es necesario tener un espacio para hacerlo, antiguamente se usaban lugares destinados al culto, llamados "oratorios".

—Mi suegro tenía su oratorio y tiró la barda, pero quedó la hornacina donde echaba el agua bendita que traía de Bernal para persignarse, como las paredes eran de adobe y bien gruesas, se podía hacer el huequito, ya con los años hicieron la capillita en el terreno que donó mi suegro, pero la hornacina se quedó en lo que hoy es la entradita de la casa—

Posteriormente, se edificó el primer templo religioso católico, en lo que se conoce como el "jardín chiquito", actualmente, se venera a la Virgen del Carmen.

—*La imagen de la Virgen de Guadalupe, la donaron mis bisabuelos* (DOLORES Y ANTONIO)—.

Como se menciona con antelación, la religión católica ha sido predominante en la localidad, sin embargo, la religión cristiana evangélica, también se ha desarrollado paulatina e indubitablemente, con la conversión de personas (Bety) quienes refieren estar preparadas para recibir el sacramento del bautismo de manera consciente, en este sentido, podemos sostener que ambas religiones comparten la fe en Cristo Jesús, es decir, el Nuevo Testamento es el parteaguas

---

14 DailyVerses.net. (2023) Versículos de la biblia sobre el Salvador. Disponible en: https://dailyverses.net/es/salvador

para la comprensión de las "buenas nuevas", además, el Antiguo Testamento, es el génesis en el dogma, la disciplina y la lealtad, verdaderamente fundamentadas en "La Trinidad" donde el Altísimo, que es un solo Dios, se encuentra en tres personas distintas: el Padre, el Hijo y el Espíritu Santo, subsistiendo en una misma y única naturaleza. Por una parte, los católicos tienen la peculiaridad de venerar imágenes que representan a Dios, a Vírgenes, y Santos, siendo la Virgen María o Virgen de Guadalupe, que, por ser la madre de Dios, es la más venerada entre todos los beatos canonizados. Por otra parte, los cristianos evangélicos defienden la palabra en [15]Levítico 26:1

> *»No os haréis ídolos, ni os levantaréis imagen tallada ni pilares sagrados, ni pondréis en vuestra tierra piedra grabada para inclinaros ante ella; porque yo soy el SEÑOR vuestro Dios*

Conjuntamente, ha prevalecido la religión protestante (Erasmo, Flora, Leonor) denominada "Testigos de Jehová", contrariamente a los católicos y cristianos evangelistas, los testigos de Jehová argumentan que "La Trinidad", o, dicho de otro modo, el Dios trinitario, no se menciona en la biblia, por lo tanto, existe un solo Dios, y Jesucristo es el hijo de Dios, de tal manera que Jehová es el único creador, redentor y salvador de la humanidad.

Finalmente, existe la libertad de culto, y cada persona es libre de profesar la fe que se ajuste a sus principios y a su moral, de tal suerte que los conceptos de la unidad, queden demostrados en el ejemplo a seguir, desafortunadamente, existe la crítica destructiva, además de un alto desinterés por la aceptación, sin embargo, esto no debe ser un pretexto para generalizar que cierta comunidad religiosa tenga el rumbo equivocado, pero por otra parte, es de buen creyente defender la fe, y proveer del buen camino a quienes se encuentran desviados de él, en este orden de ideas se puntualiza que cada persona es responsable de su diario actuar, y eso es, lo que finalmente le denota como persona buena o persona mala.

---

15 "Las citas bíblicas son tomadas de LA BIBLIA DE LAS AMERICAS © Copyright 1986, 1995, 1997 by The Lockman Foundation Usadas con permiso."

Así mismo, encontramos a feligreses que profesan la fe desde sus conocimientos adquiridos por medio de la biblia, y logran dar respuesta objetiva a cualquier pregunta que resulte difícil de persuadir, es en este aspecto, es donde se puede aseverar que la preparación dogmática es la clave principal para ser un buen evangelista, y de esta manera, defender las ideologías, creencias o doctrinas propias de la comunidad dogmática que profesan. Ahora bien, es bien sabido que dentro de las religiones se encuentran a quienes, con todo respeto, llamamos "fieles fanáticos", y es aquí cuando el pre-juicio se antepone, en ocasiones, a una realidad diferente a la que se juzga. En este sentido, y como ejemplo, aquél señor que se quedó dormido mientras el sacerdote, pastor, ministro, o predicador oficiaba la palabra, y un asistente indignado por lo sucedido, comienza a platicar lo que vio durante la Liturgia, pronto se corre la voz, llegando a tal grado que este hecho, es contado por personas que no vieron lo sucedido, pero lo platican aun cuando no asisten a escuchar la palabra de Dios, es entonces cuando el corredor de voz, que no asiste a escuchar la prédica, comete doble falta y eventualmente, la de la voz, comete triple falta, por no estar presente en el rito ceremonial religioso, por correr la voz de lo sucedido con el señor dormilón, y además hacer crítica desde otra perspectiva.

Otro caso de pre-juicio es el primero que se narra a continuación:

—Una dama de comportamiento intachable, movida por su religión católica, se dio a la tarea de caminar por las calles del pueblo para anotar los nombres de las personas borrachas y viciosas que ensuciaban la moral y el ejemplo de valores a las nuevas generaciones. El familiar de un "anotado", se molestó cuando leyó el nombre de su pariente, y en seguida le reclamó a la dama de conducta intachable, y ésta, como Pilatos, se lavó las manos diciendo que la vecina del susodicho se lo confirmó en código de juramento. Pasados los días, al susodicho ya se le conocía como vicioso, violento y hasta quien sabe qué más, cuando no era capaz de matar ni siquiera a una mosca, en este aspecto, es importante reconocer que no siempre lo que se dice y se escucha, es verdad—.

—Hay unas flores muy bonitas que originalmente se usaban para adornar las cruces en el día de la Santa Cruz, esta celebración se da en el mes de mayo y las flores para ese entonces, ya están bien florecidas, yo pienso que por eso se llaman "flor de mayo". Cuando yo era niña, mi mamá nos hacía unos ramos de flores blancas y nos vestía de color blanco, entonces nos llevaba a la iglesia chiquita para dejarlas de ofrenda a la Virgen, hacíamos fila, nos formaban a todos los niños para honrar a nuestra madre—.

—Mi mejor amiga es Cristiana, antes, yo iba mucho a su casa, un día sábado o domingo, me tocó presenciar que todos se decían "hermana, hermano", se tomaron de las manos, cerraron los ojos y comenzaron a orar, la verdad, me gustó mucho la tranquilidad que se sentía en el ambiente. Ella siempre ha sabido que soy católica, y jamás ha intentado imponerme su religión, pero tampoco yo a ella, es más, ni siquiera hablamos de eso—.

—Un día, llegaba un fuerte olor a quemado, cuando salí al patio, me di cuenta que había mucho humo que se estaba metiendo por la puerta de la calle, antes de cerrar la puerta, me asomé para ver por donde salía tanto humo, y vi que era de una casa de enfrente a la mía, entonces toqué la puerta para avisarle a mi vecina, pensé que había dejado algo en la estufa, pero ella no me abrió, luego escuché a la señora que vive al otro lado de esa casa que le estaba gritando por su nombre, ya luego se oyó que dijo que había prendido la leña con pedazos de periódico, que por eso se había hecho tanto humo, pero en la noche que salí a sentarme en el "pollito" de mi banqueta, la vecina que le avisó a la otra vecina que estaba haciendo humo, se sentó conmigo y me platicó que cuando vio la humarada, se asomó por su barda y vio que la vecina estaba quemando sus santitos, lo único que hizo es persignarse. Ya después la veíamos con su sombrilla, caminando por las calles y nos dimos cuenta de que había cambiado de religión—.

—Ya parece que iban a comulgar los padres de hijos que no estaban casados y que vivían en unión libre. Mi suegra ya estaba agonizando y el padre no le quería dar la comunión porque su hijo y yo, ya teníamos dos hijos, pero sin casarnos, tampoco vivíamos juntos, entonces primero nos casó y ya luego le dio la comunión a mi suegra, enseguida se murió—.

—Dios y la Virgencita siempre nos protegen, un hombre le traía tirria a otro, no perdía oportunidad para echarle bronca donde quiera que lo encontraba, un día se dieron a trompadas, la cosa iba pareja pero el ofendido tenía los brazos bien gruesos y le estaba dando una golpiza de aquéllas, el peleonero decidió sacar su navaja y la dirigió justo al corazón del ofendido donde estaba la imagen de la Virgen de los Dolores de Soriano, la imagen se rompió salvando su vida milagrosamente.-

—La bendición de la madre es una petición a Dios nuestro Señor para que por su misericordia y por medio de la intersección de la Virgen y los Santos, los hijos estén protegidos de todo mal. Un muchacho se fue montado en su caballo a pagar el dinero de la compra de un ganado, ya era muy tarde y no regresaba, la mamá estaba muy preocupada, su tensión se incrementó cuando comenzó la lluvia y escuchó los toquidos lentos a la puerta, ella sabía que se trataba del caballo de su hijo porque así lo había adiestrado, fue a abrir y sintió pena al darse cuenta que como siempre, cuando el caballo tocaba la puerta con sus pezuñas, era porque venía solo, sin su amo. Una vez que el caballo se encontraba adentro de la casa, la señora se dirigió al patio trasero, se hincó, abrió los brazos y sobre el fango, pidió a Dios que cuidara de su hijo. Ella en su desesperación y bajo la tormenta de lluvia, comenzó a soñar despierta, imaginó la misma tormenta y también a su hijo debajo de un árbol, así mismo se presentó ante ella un sacerdote que con voz pacífica le dijo que no se preocupara, que su hijo estaba a salvo y regresaría con bien. La señora sintió paz y segura estaba que su hijo regresaría bien porque ella confiaba en que aquel sacerdote era un enviado de Dios, después de haber pasado algunas horas, el hijo regresó empapado de agua, pero a salvo. Pasados unos meses la señora fue a Querétaro a visitar a unos familiares y allí cerca, quiso dar gracias, entró al Templo de la Santa Cruz, allí dentro se llevó una gran sorpresa, vio la imagen del sacerdote que se le había presentado mientras ella se encontraba orando y pidiendo por protección de su hijo, en ese mismo instante supo se trataba del padre Pro, quien años atrás había sido fusilado durante la Guerra Cristera.—

—Una tarde me sentí muy triste, me fui a la iglesia chiquita para rezar a Jesús, y cuando entré, me metí sin hacer ruido, me senté junto a la imagen de Jesús, comencé a rezar y me llamó la atención un hombre blanco, delgado, de estatura regular que traía sombrero, llevaba puesta una chamarra de mezclilla de esas que llegan a la cintura, la chamarra estaba muy desgastada, tenía una camisa blanca con el cuello encenizado, de repente vi que caminaba desde al altar hacia la salida, sin embargo no salió a la calle porque se desapareció justo donde exhiben a Jesús en Semana Santa cuando se hace la representación de su cautiverio en prisión.—

LOS AMOS Y LA SERVIDUMBRE AGRARIA

Cuando la jerarquía social brillaba en todo su esplendor, la condición socioeconómica del gentío los posicionaba en el escalafón que marcaba la diferencia en el modo de vida, acentuando la bifurcación humana sobre los menos de ser servidos y los más a servir. La jerarquía se componía por los políticos en el poder, criollos, y amigos del presidente, sobresalientes en el ámbito económico y científico. La burguesía nacional estaba constituida primeramente por los dueños de las tierras, los comercios, las minas y las haciendas. La clase media la componían personas con pequeños comercios, por periodistas, maestros, burócratas, y profesionales de ejercicio libre. La clase baja la formaban los proletarios, campesinos, y finalmente, la clase obrera y el proletariado.

Dentro de las haciendas, la "casa grande" era ocupada únicamente por los hacendados, la religión católica estaba estrechamente ligada al modo de vida de los "amos", era común encontrar una capilla donde principalmente se guardaba devoción a la Virgen de Guadalupe, además, había grandes crucifijos, reclinatorios y bancas para hacer oración, el rosario, los sirios y demás imágenes de santos, que no podían faltar en el recinto.

Regularmente a los empleados como el administrador y el mayordomo, se les asignaba un espacio en el área del patio central que tenía conexión cercana a la casa principal, los caporales y capataces ocupaban espacios alejados a la casa grande, pero generalmente dentro de la misma propiedad. Los peones de residencia, acasillados o gañanes, usualmente ocupaban como vivienda el área conocida como calpanería o casillas, en este sentido se puede mencionar que dichos trabajadores de la hacienda se conocían como trabajadores permanentes.

—La patrona de mi abuela era muy buena gente, le daba ropa y comida para sus hijos, será que la patrona no pudo tener hijos y se encariñó con mi papá y con mis tíos, ellos vivían a un ladito de la troje, mi abuela era su cocinera, me platicaba mi papá que también el patrón era buena gente, que el que tenía mala fama era su hermano de él, le decían el cacique y al patrón de mi abuela le decían el patrón, pobrecito del patrón, se murió y que no se veía nadita enfermo, traía artos problemas porque le querían quitar sus tierras, tenía muchos ranchos y haciendas que le heredó su hermano y su esposa agarró herencia de sus padres, también ranchos, terrenos y haciendas, decían que sabían lo que tenían porque lo tenían anotado, pero un día viajaban en la diligencia y les hizo la parada un señor, el señor se quitó el sombrero y saludó a los patrones y luego el patrón le preguntó que si vendía el ganado que andaba pastoreando y el señor le contestó que cómo le preguntaba eso, si él era el dueño de los toros, cómo iba a comprar lo que ya era de él, que eran toros que ya llevaba al matadero" Mi abuela quería mucho a los patrones, en agradecimiento, tejió el vestidito que tenía puesto "La Divina Infantita" la virgencita niña que se llevaron a la capilla de otra hacienda. Aquí la Virgen que veneraban los patrones en la capilla de aquí, era la Virgen de Guadalupe, todavía está en el paredón de la capilla, debajo de la cúpula, los pillos se llevaron todo, dejaron la hacienda en un casco, pero la Virgen queda, ella sabe qué pasó en esta hacienda, ya no produce nada, nomás queda la imagen y los cuartos que estaban junto a la troje, allí vive todavía una tía. Eran tantas las monedas que tenían los patrones que se necesitaban de peones para moverlas, se tenían que mover con palas porque decía el mayordomo que juntaban gases y las ventilas no eran suficiente para que los gases se salieran.—

—Me contaba mi mamá que ellas dos, eran primas, y cuando murió su esposo, ella quiso tomarse una fotografía de luto con él, ya difunto, lo recargaron en un fierro y le pusieron cinturones entre el fierro y el saco, bien ajustados a su robusto cuerpo, era muy alto el señor, le abrieron los ojos y le recargaron su mano en el hombro de la tía, esa fotografía se la dio a mi mamá y le dio otras más con papeles y otras cosas, estaban dentro de un baúl porque le contó que se le estaban desapareciendo sus recuerdos y joyas de sus casas. En la fotografía, el esposo de la tía tiene la mirada ida, pero la tía tiene una tristeza que hasta se le ven los ojos llorosos. El baúl lo tenía mi mamá en la casa de Querétaro que le regaló la tía, estaba elegantemente amueblada, parecía que entrabas a una casa de París, pero una vez llegaron dos hermanos que estudiaban para ser maestros, le pidieron ayuda a mi mamá porque no tenían dinero, y eran familiares de unos conocidos de allí, mi mamá les prestó dos cuartos del patio, y para no hacerte el cuento largo, cuando mi mamá se fue a su pueblo, la casa terminó siendo de los estudiantes, en esos tiempos, eso sucedía de vez cuando con las propiedades.—

—Yo tengo las fotografías de la tía, afortunadamente me las traje de la casa de mi abuela porque quería conocer a la mujer caritativa que protegía a las viudas y a los huérfanos. Ella fue buena, usaba su riqueza para ayudar a los demás, cuando enviudó, les aumentó el pago a sus trabajadores, les prestaba tierra de siembra sin cobrarles rentas, y eso le trajo muchos problemas con su administrador, imagínate tú, tener tantas haciendas y ranchos no se los acabaría nunca, pero el administrador pensaba diferente.—

—Pobrecita de la patrona, después de que su marido se murió, le daban fuertes dolores de cabeza, la tumbaban a la cama, nadie volvió a verla salir de su casa, el mayordomo corrió a mi abuelo y a los criados de la casa grande donde ella pasaba mayor tiempo, dijo que se la llevarían a la capital del estado, ella era tan buena, que dejó todo en manos de su apoderado, él se encargaba de prestar haciendas, ranchos y terrenos a quien él quería y también andaba peleando que no le quitaran de más a la patrona, le daba a firmar los amparos y oficios de resistencia, ella le decía que mientras cayera su fortuna en manos de los pobres, ella no tenía nada que perder, ya había perdido a su esposo, a quien quería mucho, sus padres y hermanos también habían fallecido, ella se refugiaba en sus primas y era feliz con su familia, eso era lo único que le preocupaba, sus parientes que vivían humildemente, pero se conformaba de que algún día serían sus herederos.—

—*"Esa señora era rica desde sus antepasados, se me imagina que era de las familias privilegiadas que nos invadieron o si no, debió ser de las privilegiadas del Porfirismo, y luego se casó con el hermano del que le decían cacique, ese general llegó a ser Gobernador".*—

-Decía mi suegro que su papá había trabajado en una hacienda que era de un señor muy malo, que no les pagaba ni un centavo, les daba la paga con pulque y los comprometía a endeudarse en su tienda con los enseres que les daba, había veces que los encerró en su cárcel por no pagar lo que él les pedía.—

—La familia era muy grande, iban a visitarla a las casonas que quedaban cerca, pero en ninguna la encontraban, en algunas se encontraba el administrador o el mayordomo, pero decían que ella estaba en otra propiedad, así pasaron muchos meses. Un día llegó un trabajador donde el sacerdote, y le comunicó que la señora, patrona, había muerto, el sacerdote apresuradamente se colocó su sotana y llevó con él, los sacramentos de unción, cuando entró a la habitación, ya la resguardaban cuatro sirios colocados en sus cuatro puntos cardinales, al lado de ella se encontraba el mayordomo colocándole trocitos de paño en los orificios de la nariz con aparente sangrado. El sacerdote administró la extremaunción al cadáver y no se separó de quien en vida fue benefactora de la iglesia, y a quien el sacerdote se refería a ella como la dama del relicario de oro, allí guardaba la fotografía de su esposo, también se le conocía como la dama del rosario, porque siempre traía con ella, en su mano, un rosario para hacer oración. -

-El apoderado se casó con la hacendada difunta en artículo mortis, acta fechada dos meses después del acta de defunción, además, se había hecho la condición de exhumar el cuerpo a los 7 años, cuando el sacerdote se enteró de tal disposición estatal, pidió ser testigo el día de la exhumación, en agradecimiento de las generosas donaciones monetarias que en vida hizo la señora, para bien de la iglesia y de los pobres, pero argumentaba que tenía que estar presente el mayordomo, quien le había servido los últimos meses de su vida, desde que quedó viuda. Al sacerdote, le fue concedida la petición, y para sorpresa de los presentes, al momento de abrir el ataúd, el cuerpo estaba incorrupto, le había crecido el cabello, parecía dormida, pero el mayordomo, con los pies descalzos, se quitó el paliacate rojo puesto al cuello para limpiar las lágrimas que brotaban de sus ojos, enseguida elevó la mirada al cielo, pidió perdón, y dijo que no cabía duda de que la vida solamente la podía quitar Dios. Se supo que se volvió loco, o al menos eso dijo el tío después de encerrarlo, no en un manicomio, por extraño que parezca, lo encerró en el reclusorio. -

—Mi mamá nos decía que en los tiempos de sus abuelos era bien fácil saber a quién se le podía pedir que trabajara como empleada doméstica de la casa o como tlachiquero, bastaba con ver sus zapatos, si usaban zapato de hule o huarache de llanta, era gente que sabía trabajar como sirviente, pero después, cuando vi a mi abuelo, al papá de mi mamá usando huarache de llanta, le dije a mi mamá y dijo que él lo hacía por gusto, por sentir frescos sus pies, que ya en estos tiempos se podía usar lo que quisieran sin tanto copete ni moñitos de corbata.—

Por otro lado, y haciendo referencia a los privilegiados del sistema, a quienes los pobres le nombraban como los amos, han sido, generalmente catalogados como aprovechados y desconsiderados ante la servidumbre, en el compendio referido con antelación, se muestra la parte humana y empática de una mujer terrateniente, quien hasta cierto punto, se le puede considerar como víctima, al tener el infortunio de encontrarse en un entorno de acontecimientos que se atendieron como "benéficos para los pobres" y que en su realidad, no logró presenciar los resultados prometidos, toda vez que la vida no le alcanzó para contemplarlo, y como si no fuera suficiente, a la fecha, existe una obstinación por adaptarle como esposo a un personaje político quien fuera su cuñado en la realidad, de tal manera que el esposo, quien se ha omitido en diferentes artículos y crónicas, pudiera quedar quimérico, o dicho en otras palabras, inexistente, no obstante, aún, en estas fechas, existen registros que avalan el matrimonio de los hacendados, considerados como los más fructuosos del Bajío, además, coexisten investigaciones plasmadas en libros, tesis y artículos de investigación producidos con objetividad y fundamento. Pero..........

Es motivo de alipori hacer las siguientes interrogantes: ¿Cómo se repartió toda la fortuna?, ¿Sirvió a los campesinos?, ¿Quedó en familia?, o únicamente en una sección de la misma. ¿Qué tiene que ver el contenido de este capítulo con el tema principal en cuestión?

GUERRA CRISTERA

La ideología liberal en la separación entre el culto y el estado seguía en proceso, Benito Juárez sería el iniciador con las leyes de reforma, después, en tiempos de la revolución, se sumarían líderes y rurales que manifestaban estar en contra de la religión, más adelante, se lograría imponer el control sobre la religión católica en todo México con la "Ley de tolerancia de culto" y con ésta, cerraron iglesias suscitando la obligada anatema. Por otra parte, la ideología conservadora reclamaba el derecho de culto, en razón a que defender la estructura en el poder ya político no era viable ante las leyes de reforma. De tal manera que comenzó una guerra estilada al génesis de la ventaja, como se han dado las situaciones de conflicto desde los primeros tiempos, donde han sido vulnerados los derechos de los grupos de personas que pagan las consecuencias a causa de su raza, origen, cultura, creencias y condición económica.

No es coincidencia que el tema religioso fuera concomitante al tema agrario, los conflictos locales, en la guerra civil, se caracterizan por tener estrategias que van dirigidas a un fin, en este sentido, los católicos y gavilleros no agraristas, se armaron de valor, y comenzaron la contienda en defensa de su fe, en contra de [16]los Callistas apoyados en su totalidad por el ejército federal, y los campesinos agraristas que habían sido beneficiados en la dotación de tierra con la condición de "servir al gobierno", de allí la frase que declaraban los cristeros "vender el alma a Calles". De tal manera que el policía rural de una comunidad representaba la contraparte del jefe del grupo de los cristeros.

[17]La Ley Sobre la Libertad de Cultos (4 de diciembre de 1860). Permitió a cada persona practicar y elegir el culto que deseara, con plena libertad. También prohibió la realización de ceremonias fuera de las iglesias o templos. Ahora bien, las acciones realmente impositivas se efectuaron cuando Plutarco

---

16 García D. (2011) *Postcristiada en Querétaro*. [Tesis] p.25. Recuperado de https://ri-ng.uaq.mx/bitstream/123456789/4612/1/1993%20-%20RI003924.pdf

17 CNDH (s.f.) *Expedición de las Leyes de Reforma*. Recuperado de https://www.cndh.org.mx/

Elías Calles ocupó el cargo de Presidentede México mientras que en el Estado de Querétaro los fieles católicos sufrían a causa de la "Osorniada", curiosamente el titular de este concepto inició como líder campesino, por otro lado, en el municipio seha mencionado el nombre de un habitante que fue ateo y que lideraba a los que combatían a los cristeros, no obstante, se considera imprudente citar su nombre toda vez que la religión católica es predominante en la zona y por ende, existen católicos descendientes de este personaje,quienes no están obligados a sentir el tener pena ni gloria por lo correcto o indebido que pudo haber hecho su antepasado, sin embargo, se omite el nombre por respeto a quien pudiera incomodarse.

—"A la buena de Dios, así es como íbamos muchos a enfrentarnos contra los otros, muchos no traíamos con qué responderles, pero nos poníamos donde había piedra y muchos así nos salvamos, nomás aventábamos el machetazo al aire".—

"En la casa donde se juntaban los señores, donde vivía el dueño que era ateo, había un árbol bien alto con una cuerda, si ese árbol hablara no soltaría palabra……".

—"¡Viva Cristo Rey!, gritaban los católicos cuando se juntaban en un rancho a las afueras del pueblo, yendo para Villa".—

—A los alebrestados los arrastraban con el caballo, estaban bien feos los sucedidos, en escondidas, mi suegro tenía su oratorio y tiró la barda pero quedó la hornacina donde echaba el agua bendita que traían de Bernal para persignarse, como las paredes eran de adobe y bien gruesas, se podía hacer el huequito, ya con los años hicieron la capillita en el terreno que donó mi suegro, pero la hornacina se quedó en lo que hoy es la entradita de la casa.—

—Qué bueno que hubo gente defendiendo la fe, yo no sé cómo hay personas que se contraponen a los designios y a la voluntad de Dios, aquí hubo un hombre al que le dispararon en el pecho, pero no se murió, nomás cayó de espaldas, cuando se levantó se tocó el pecho y sacó su escapulario que lo había protegido de la muerte.

—Los creyentes rezaban en casa, a escondidas y en voz baja, rogando a Dios que ablandara el corazón de los infieles a la fe, ni por dónde que tuvieran alguna imagen o crucifijo, por eso hicieron el túnel, le decían "las catacumbas", muchas personas decían que se comunicaba desde la iglesia del pueblo hasta la parroquia de San Pedro y San Pablo, pero eso es mentira porque las iglesias estaban bien vigiladas y no había manera de entrar a ninguna, lo que sí es cierto es que muchos hicieron una especie de cuarto subterráneo, yo conocí uno con piso desolera de barro, ha de haber medido unos seis metros cuadrados,estaba en la parte de atrás de la casa, en el corral, y la entrada para la bajada no media ni el metro, la escalera, eran unos maderos salidos de la pared del túnel, angostitos, apenas y cabía el pie, había que bajar de uno por uno, y para subir igual, ya estaban bien viejos y apolillados los maderos.—

Las mujeres de fe, en Cristo, se confortaban en la justicia divina, instruían al esposo y a los hijos en persignarse al abrir los ojos por la mañana, hacer una oración antes de consumir los alimentos, persignarse al acostarse y dar gracias a Dios por la vida, la casa, el vestido y el sustento. Sin embargo, hubo mujeres que salieron del rol de ama de casa, para luchar por la causa, no podían permitir que su familia fuera obligada a hacer como si Dios no existiera, entonces, tenía que pelear para no esconderse al alabar a Dios. Además, era deber de la mujer educar en la fe, esta enseñanza incluía el temor a Dios, donde se advertía que él, sabía todo lo que se hacía, y que el día del juicio final, se entregaría cuentas al creador, el todopoderoso cuestionaría qué vieron los ojos, qué escucharon los oídos, qué habló la boca, qué tocaron las manos. Para la mujer es muy importante evitar tener baldragas en la familia.

—Se pusieron bien feas las cosas, les cerraron las iglesias, hombres y mujeres pelearon por Cristo, mi mamá fue cristera, cargaba su carrillera, así le decían a donde echaban el parque, el parque eran los cartuchos que les ponían a los rifles. Por allí tenía unas fotos pero cuando se murió, entraron mis hermanas a su casa y quién sabe dónde quedaron su carrillera, su rifle y sus fotos.—

—Sí me acuerdo de la señora que fue cristera, lo que llamaba mucho mi atención es que usaba unos lentes oscuros, en aquélla época ya habían pasado muchos años, es más, la señora ya era de edad avanzada, pero ella hablaba muy poco de lo que vivió en la guerra cristera, el que platicaba mucho, era su esposo, se notaba que estaba bien orgulloso de ella, decía que su "vieja" tenían bien puestas las enaguas, que ella sabía que podía morir por andar en la bola, pero nunca se rajó.—

—La madre es ejemplo de comportamiento, debe inculcar el amor a Dios, toda madre debe ser estricta con los hijos, porque cuando muera y se encuentre en el juicio final, no va a querer escuchar que le digan: *"Fuiste perra de tu casa y ni siquiera supiste ladrar"*.—

—Yo no sé si en esa casa eran todos ateos, o nada más el señor, pero lo raro de todo, es que se les dio cristiana sepultura cuando murieron, a la mejor si era Callista el señor, pues se decía que los que habían recibido dotación de tierra, tenían que corresponder enfrentándose contra los cristeros, y es que a la señora, aunque tenía la cara de enojona, si se le miraba como creyente, y luego sus hijos sí se casaron.—

LA DICTADURA

Antes de la Guerra Cristera, los mexicanos estaban inconformes con la situación política y social que se vivía con la dictadura de Porfirio Díaz, sin embargo, lejos de existir unión en los ciudadanos, se originó una guerra civil basada en las diferencias personales que se reflejaban en el oportunismo para obtener ventaja, en este sentido, se tiene la idea que la Revolución estalló ante el descontento de los obreros y jornaleros que cansados del mal trato y explotación, se unieron para alzar la voz y de esa manera, exigir sus derechos, precisamente esa fue la excusa para que existiera el hombre que guiaría a los campesinos hacia la causa, haciéndoles saber que pelearían por la tierra y que se les repartiría por derecho.

[18]El movimiento zapatista se enfrentó a los gobiernos de Victoriano Huerta y Venustiano Carranza, se dedicó a combatir el latifundismo y a emprender la repartición de tierras; además dejó claro que se trataba de un movimiento social que, al ver la inacción en materia agraria, hallaba en la lucha armada la única manera de hacer justicia.

En el tiempo del proceso a la reforma agraria, destacaban los líderes que representaban a los campesinos, estos líderes lograron la hazaña de ser atendidos y valorados para iniciarse en la política, bien sabido es que ya estando en la causa, no era difícil voltearse y adherirse a los contrarios que llevaban la batuta. Además, la ideología religiosa jugaba un papel importante en el orden político, en este sentido, para entender los conflictos que se vivieron en la comunidad, es necesario remontarnos en el tiempo, por una parte los conquistadores llegaron para imponer la evangelización y ésta estaba estrechamente ligada al cargo político que ejercían los peninsulares, los criollos y los mestizos, en un

---

18 Gobierno de México (2019) *"La tierra es de quien la trabaja"* o Zapata, el eterno
  insurrecto.

comprendido de ideología conservadora que pretendía defender la estructura en el poder político y la fe, característica principal del Virreinato. Por otra parte, los liberales pretendían que México fuera gobernado por un ciudadano mexicano, desamortizar los bienes del clero y las tierras comunales; permitir la libertad de culto y establecer la igualdad de la población ante la ley, hacer cambios en la educación, la libertad de expresión y el establecimiento del registro civil. En el momento que los Liberares saboreaban el triunfo, enseguida los conservadores apostaron el todo por recuperar el poder con Maximiliano de Habsburgo como Emperador de México, durante el Segundo Imperio, inclusive, el mismo Maximiliano se denotaba como conservador con connotación liberal, es este sentido se puede dilucidar que los fines, justifican los medios.

EL ENIGMÁTICO TÚNEL

Coloquialmente se sabe de la existencia de un túnel subterráneo que podría tener una medida longitudinal inclusive, de kilómetros. Los posibles motivos por los cuales fue construido el túnel, pudieron ser para comunicar dos o más puntos externos para el pase de personas durante la Guerra de Reforma, la guerra cristera y los conflictos agrarios, ahora bien, estos eventos ocurrieron en diferentes etapas, sin embargo el tema agrario y la ambición, son elementos concurrente en los conflictos internos, por lo que no se confirma, pero tampoco se descarta que al túnel se le diera un uso real a lo que se le puede considerar una simple leyenda.

La palabra túnel se entiende como un camino subterráneo que tiene como función la accesibilidad de paso de personas y de vehículos, en este sentido, el paso de vehículos no es tema en el orden de ideas referentes al contenido narrativo de esta obra, sin embargo, es oportuno indicar que el paso por el corredor subterráneo pudo haberse dado igualmente por mulas cargadas de oro, tomando en consideración que en el Estado existen numerosas leyendas, el pillaje perpetrado por los diferentes grupos, y el transporte de armas en los conflictos civiles. Esencialmente, el paso de personas para trasladase desde un punto a otro, sea por cuestiones religiosas, por mantenerse a salvo, o por razones concernientes a sus propósitos.

—Yo estaba muy chiquito jugando con mis dos hermanos y un vecino en el traspatio de la casa, el vecino traía un papalote, y como hacía mucho aire, amarró el hilo en un pedazo de varilla y clavó con una piedra la varilla en la tierra, pero la varilla se perdió, se sumió con todo y el hilo del papalote, nos asustamos mucho y le hablé a mi mamá, mi mamá fue a ver y nos regañó, dijo que ya nos había dicho que nunca jugáramos al lado de la pileta de los borregos porque el piso estaba "sentido", luego puso un tambo y un día que se fue al nixtamal, mis hermanos y yo quitamos el tambo y le pegamos al suelo con un palo, y nos dimos cuenta que abajo había unas vigas de madera, era como el techo del cuarto que estaba abajo, también tenía vigas en las esquinas del cuarto, yo sentí mucho miedo y pusimos el tambo otra vez, donde lo había puesto mi mamá. Un día le platiqué al hermano de mi abuela y me dijo que era un cuarto de letrina, que era una fosa séptica, pero un día se sumió un pedazo de la pila de los borregos y el hermano de mi abuela, que vivía allí con nosotros, se fue a asomar, y nos contó que él se había ido del pueblo en el tiempo que se platicaba que había un túnel que habían hecho para que se escondieran los Cristeros, que a lo mejor era el túnel del que él había sabido antes y no la letrina que él pensaba.—

—Mi padrino dijo que cuando fue a ordeñar la vaca no la miraba por ningún lado, pensó que se la habían robado, ya cuando llegó por en medio, vio un agujero y se asomó, allí se había caído la vaca, dijo que la sacaron con mecates, pero se había quebrado una pata, por eso, mejor la sacrificaron.—

—Decían que donde había un pozo de agua, había la conexión del túnel, así se podían dar cuenta los que sabían de la existencia de ese corredor y por dónde se comunicaba, no era pozo de agua, al menos no funcionaba para sacar agua, en esos tiempos ni siquiera recolectaban el agua en pozos, usaban el agua de lo que se conoce como la presa. Había un anunciante que recorría el túnel para avisar del peligro y hacía un sonido de lobo para alertar a los pobladores, algunas casas tenían oculta la entrada al túnel y se bajaban para esconderse, y los que no tenían entrada al túnel escondían a las mujeres debajo de las mesas o donde podían.—

—El túnel era muy largo, hasta caballos pasaban por allí y mulas cargadas de oro y cosas que se robaban, ese túnel lo usaban los ladrones para robar en un lado y escapar por el otro, pero se dice que el mero jefe de los cuatreros se desapareció de repente, pero quien sabe si era el túnel de aquí.—

—Cuando nos fuimos muchas familias del pueblo, porque las cosas estaban bien feas, dicen que se quitaron predios para hacer vialidades, tumbando casas ya hechas, según para "modernizar" y que también buscaban legalizar las propiedades aprovechando la reforma, un grupo de hombres usaban un corredor subterráneo para esconderse.—

—Ese túnel lo mandó construir el personaje más importante del pueblo, tenía dos casas y por eso lo mandó construir, para llegar más fácil de una casa a otra, la entrada principal al túnel estaba en el lugar donde tiempo después descansarían sus restos mortales. No ha habido personaje más importante que él, sus descendientes heredaron las habilidades para liderar con éxito y hacer un pueblo próspero.—

—Antes se hacían hoyos muy largos para que se llenaran de agua, pero el túnel no parecía ser de agua porque estaba medio alto, pero decía mi abuelo que lo habían hecho para llegar más rápido a sus casas los que andaban en la guerrilla agraria.—

MIGRACIÓN INTERNA Y MIGRACIÓN EXTERNA

La unión era la clave primordial para mantenerse en un contexto de integridad, sin embargo, se dio la desunión supuestamente obligada en el momento que familias enteras se vieron en la "penosa" necesidad de dejar sus hogares, algunos se fueron a Tlalnepantla, otras familias a la capital del Estado y otras más a Hidalgo y San Luís Potosí.

La naturaleza de las causas que originaron la migración interna, son variables, dado que cada familia experimentó y contó sus propias vivencias, de tal suerte que lo tratado en este episodio, es considerado como el más incómodo de la obra, por una parte, la porción de personas que permaneció habitando el lugar, y por otra parte, la sección de quienes migraron a estados vecinos. La incomodidad surge en el descontento reflejado en los rostros pávidos de los familiares desaposentados, así como también, la irritación originada en los parientes de los residentes sin pausas, que, ante el relato de "los otros" manifiestan tratarse de una vil falacia, sin embargo, independientemente de pretender encontrar la veracidad de los hechos, es conveniente advertir que aun cuando se logre delimitar la relación existente entre los sucesos y conflictos internos, y que a su vez, presentan supuesta concordancia con los acontecimientos nacionales de carácter agrario, el contenido de este capítulo ha sido producido en un contexto de transmisión oral, con la intención de dar voz, por escrito, a las conversaciones compartidas . Así mismo, el lector tiene el libre albedrío en considerar mito, leyenda, o realidad, las narraciones que a continuación se presentan.

Volviendo al tema y como se mencionó con antelación, existió una desunión vecinal generada por la migración, sin embargo, eso no fue inconveniente para que, una vez de regreso, y reinstalados en el pueblo, todos los habitantes se trataran con afecto y respeto, creando un ambiente de familiaridad, al final del día, los conflictos ya habían cesado y los involucrados habían tomado voluntaria, o involuntariamente, sus respectivos lugares. Pero…….

¿Cuál sería la verdadera razón que tuvieron los pobladores que migraron?.

—"La Revolución ya había dejado sus bases, la intención era pelear por las tierras, a los contrarios les decían los pelones, el grupo que había de revolucionarios aquí, eran de los constitucionalistas, le iban a Venustiano Carranza".—

—"Aquí se juntaban unos señores que no se miraban como campesinos, se ponían a jugar baraja y platicaban, también había señores que parecían jornaleros".—

—"Para no entrar en detalles, mi papá nos llevó con él a vivir a Hidalgo, hasta que se calmaron las cosas regresamos"—

—"Decían que, ni sé quiénes que a mi papá le cerraron su negocio, éltenía que mantener a mi mamá y a mi hermano mayor, nos fuimos a vivir con mi abuela a Querétaro, a mí ya me tocó nacer allí".—

—Pues si era pariente de ellos mi papá, y mi mamá era hermana de uno de ellos, pero dijo bien clarito mi papá que de él era, lo que a él le había costado, y prefería irse.—

—Yo no sabía qué tanto habían cambiado las cosas, pero me armé de valor y con el pretexto de vender recortes de tela, toqué la puerta de la casa donde se decía que estaba el pozo donde según, había leyendas, como cosa de espantos, salió la esposa de ese señor tan malo, y me hacía señas con los ojos hasta que me di cuenta que el señor estaba atrás de mí, le ofrecí telas y me dijo que no quería comprar nada, del miedo ya ni me atreví a abrir mi casa, me regresé a Querétaro.—

—La razón de que hay quienes tienen ranchos es porque son herencias, aquí la gente es rica por herencia y por trabajadora, se oye mal, pero si la dignidad de pertenecer a un apellido les molesta a otros, pues ellos mismos se sienten indignos por no apellidarse como uno, los que se fueron no recibieron herencia, pero tampoco los corrieron.—

—Me contaba mi papá que mi abuelo sí estaba en eso, pero yono creo que fueran las cosas como las platican porque mi abuelo sí se fue a vivir a Tlalnepantla, se supone que eso era lo que andaban arreglando, por eso yo no creo que hubiera nada de lo que los viejos dicen.—

—*"Era de los rurales con eso le digo todo", y junto con el hijo de uno.*

—*"¿Para qué te vas de un lugar?, pues para crecer, por eso la gente se fue a la capital, para buscar mejor modo de vida, lo demás, son puraspatrañas".*—

—Se pasaban de malvados, cuando ese señor gordo y grandote llegó a mi casa, lo recibimos invitándolo a comer, mi esposo le dijo que se podía quedar a dormir si no se quería regresar al pueblo porque ya era tarde, y fue cuando nos dijo que lo habían mandado a zanjar a mi esposo porque no quiso unirse, pero que no se atrevería a hacer la orden por lo bien que lo recibimos, dijo que ya no nos cuidáramos de él, pero que nos cuidáramos de cualquier otro que llegara a mi casa, ¡antes no nos hizo daño!.—

—Pura envidia, el huevón siempre va a querer echarle la culpa a los demás de su pobreza, en este pueblo la gente que tiene, es porque le ha costado, porque ha trabajado, pero los resentidos siempre quieren buscar culpables, mejor deberían de tomar de ejemplo a todos los que tienen negocios grandes, los que tienen rancho y hasta trabajo les dan, pero son huevones y así nunca pasan de ser pobres, si se fueron, fue para no trabajar. Aquí tienen mucho porque son herencias desde los antepasados y han sabido crecer esas fortunas, no hay más verdad que esa.—

—Yo era muy niño y escuchaba que nos venimos a Tlalnepantla porque eso les pidieron a mis padres, pero la verdad nunca oí porqué, ni tampoco supe porque ya no regresaron mis padres al pueblo, un día me dijo un amigo que, porque no querían gente que no se apellidara como los de allí, pero mi mamá y mi papá tienen los mismos apellidos de ellos, entonces yo no sé y nunca voy a entender porque muchas familias se fueron del pueblo.—

De ser ciertas las narraciones anteriores, es imprescindible mencionar que el ambiente de lucha por el reparto de tierras, estaba en pleno apogeo en todo México, de tal manera que posiblemente los habitantes de los demás estados también pasaban por situaciones similares, por otro lado, en un supuesto de encontrar relación entre la migración interna con los designios agraristas, se debe considerar que los testimonios difieren unos de otros, mientras unos aseguran que habían sido expulsados por la fuerza, otros refieren haberlo hecho en búsqueda de un mejor modo de vida, y los más, omiten dichas circunstancias, de tal manera que queda abierta la posibilidad de haberse supuestamente planeado una situación donde un grupo tomaría el control del proceso de repartición agraria para indiscutiblemente, verse beneficiados, valiéndose posiblemente en neutralizar a los presumibles líderes comunitarios que podían representar cabalmente a los ignorados, o incluso, a quienes como refiere un entrevistado, no consideraron "dignos" por no llevar ciertos apelativos, no obstante, todo lo anterior pudiera ser una simple coincidencia, lo cierto es que hubo quienes nacieron fuera del pueblo por encontrarse en esa situación, particularmente, la de la voz. En contra parte, considerando que hay "dichos" en los que se narran eventos violentos contradictorios e incognoscibles y más aún, incomprobables, lo cierto es que el territorio heredado, peleado o repartido, pertenece a personajes vinculados en parentela directa y política, de cualquier modo, es prudente aducir que, si bien es cierto, no eran los únicos habitantes con apellidos comunes, tan bien es cierto que predominaban en pluralidad. Ahora bien, hay una versión oficial del gobierno local, se dice que décadas atrás, un personaje de origen español de nombre Julián Velázquez Feregrino, hizo trato con una cofradía, y compró lo que corresponde a la cabecera municipal, no obstante, luego de sufrir un asalto, regaló parte de su propiedad a siete u ocho familias, y de ese modo se convirtió en el fundador, mientras los hombres, jefes de las familias invitadas, se le denominaron como co-fundadores. Por otra parte, y en relación al tiempo que atravesaba el país en el tema de repartición agraria, y adjuntando el espacio territorial que comprende toda la localidad, y en el supuesto de existir concomitancia con la migración interna, es preciso mencionar que una porción de habitantes se encontraba en calidad de migrantes internos, así pues, para encontrar un mejor modo de vida, por recomendación, o en un supuesto hecho, por acogerse ante el consejo de "los otros", de tal manera que con la culminación de la rebelión popular, y como dijo un campesino no inscrito en el programa, no se vieron beneficiados en la obtención de tierras, no habría manera de serlo, puesto que en el periodo de lucha, no pudieron ser parte del programa de acción, ya que se encontraban en calidad de migrantes, y esto último aplicaría, incluso, a habitantes de zonas comunales. Ahora bien, es prudente recordar, que inicialmente los españoles se asentaron en las comunidades de Jagüey el Grande, Villa Bernal, Villa de Cadereyta, y Los Pérez, en los ranchos nombrados como Los Cuates, Los Encinos y San Antonio del pelado, razón por la que existen documentos parroquiales que mencionan estos sitios como lugar de origen de pobladores nacidos tiempo atrás que se suscitaran los conflictos.

—"Un luchador agrario, argumentaba que las tierras las haría ejidos, también lideraba grupos en las comunidades, ese personaje era de los Saturninos que les decían.—

—Puros corajes, ¿Qué crees que se siente dejar tu casa? esa misma que fue de tus antepasados y cuando menos acuerdas, ya no es de uno, ni de los hermanos, mis antepasados nacieron y se criaron en Los Pérez, allí cerca, todo un cerro era del hermano de mi abuelo, sigue siendo del nieto, pero donde vivieron mis abuelos y luego mis padres quien sabe de quién es ahora, mi abuelo murió joven, dejó viuda a mi abuela con muchos hijos, una prima de ella, que era muy rica, le regaló una casa en Querétaro y la tía siempre estuvo al pendiente de ella y de sus hijos, con el tiempo todos se casaron, cuando mi mamá se regresó a la casa que tenían en el centro ya no era de ella, y la que fue de sus abuelos dizque ya era ejido.—

Hay un dicho que reza "*Pueblo chico, infierno grande*" y es en este sentido el ejemplo de decir una palabra, escucharla para decir dos palabras y hablarla para decir treinta palabras, siguiendo un proceso de "correr la voz", necesariamente se hace verdad una mentira y se hacen mentiras de las verdades, de tal suerte que es importante aclarar que cada quién sabe lo que hizo y le hicieron, y en la herencia testimonial oral, es un tanto imposible la comprobación, en cambio, recibir la aseveración de las vivencias en personas diferentes, conlleva a encontrar semejanzas de las que indiscutiblemente, se siembra la duda, además, se pueden hacer conjeturas que en base a opiniones y supuestos pueden ser hasta cierto punto probables aquéllos dichos que en los hechos reflejan verdad a vistas.

Finalmente…. ¿Cuál fue el verdadero motivo de la migración?

¿Existió un bien procomún con dicha movilidad?

La historia oficial está constituida en hechos reales, sin embargo las acciones que tomaron los actores principales en los sucesos representativos de cada localidad y en su conjunto, tuvieron una reacción benéfica para algunos, y una consecuencia perjudicial para otros tantos, en este sentido, comienza la idiosincrasia en la obstinación de apoyarse en declaraciones convenientes para la comprensión y asimilación del resultado que se obtuvo con los sucesos y que repercutieron en el diario vivir de los descendientes, en este caso, la comprobación real no siempre son los apuntes del escribano en la composición como autor de un libro que plasma lo que le contaron, y que de manera intencionada y en búsqueda de "no seguirle rascando" hace en modo normal los hechos, es necesario rememorar que cada quien cuenta la historia como la vivió, y como se la contaron, no obstante, la objetividad es un elemento indispensable en los oyentes y lectores, en este orden de ideas se puede poner como dicho, a los líderes nacionales y regionales que prometieron tierras al campesino y que en el hecho, la tierra prometida se convirtió en el área de trabajo mal remunerado, de tal suerte que muchos hombres se vieron obligados a migrar a los Estados

Unidos, en busca del trillado "sueño americano", circunstancialmente, [19]en México se creó el "programa bracero", consistente en una serie de acuerdos diplomáticos para regular el trabajo temporal de mexicanos en Estados Unidos para emplear sus brazos en el desarrollo de la economía agrícola, en este sentido, los mexicanos realizaban faenas en la recolección de frutos y legumbres, otros más, trabajaban en el sector ferroviario.

—"Yo me fui de bracero, mandé el dinero que pude porque también tenía que comer allá, nos regresaron en un tren y hasta me traje una máquina de coser"—

—"Esta cicatriz que tengo en la frente me la hice con un durmiente, hasta estrellitas vi cuando se me cayó encima, en que yo trabajaba en las vías del tren"—

—El tío se fue muy joven, trabajaba mucho, aprovechó el tiempo que estuvo en el norte y cuando llegó puso una tienda, también hacía pan casero, esa tienda estaba en una esquina y vendía mucho, logró hacerse de algunas propiedades donde también se dedicaba a la engorda de ganado, pero cuando enfermó, ya era viudo, y no tuvo hijos, algunas sobrinas nos hicimos cargo de su alimentación y de los gastos médicos, porque otra sobrina que él tenía, y a pesar que se quedó con toda su herencia, no se preocupó por su recuperación.—

La migración externa se ha efectuado desde tiempos lejanos, el factor principal apunta a la búsqueda de mejorar la calidad de vida, estos trabajadores, además de pretender cubrir las necesidades básicas, tienen la firme convicción de progresar económicamente, de tal manera que puedan iniciar un negocio con una inversión redituable, en ocasiones, y con la ayuda de la buena administración de los familiares que reciben las remesas, logran sus cometidos,

---

19 Córdoba I. (S.F.) Memórica. *Programa bracero*. Recuperado de https://memoricamexico.gob.mx/es/memorica/programa_bracero#:~:text=El%20t%-C3%A9rm   ino%20%E2%80%9Cbracero%E2%80%9D%20fue%20anterior,%E2%80%94%2C%20en%20las% 20faenas%20agr%C3%ADcolas.

generando así un ambiente de crecimiento económico que repercute en el ámbito productivo local. Es importante reconocer el esfuerzo de los emigrantes, y valorar que logran cambios visibles en la construcción y remodelación de viviendas, en la iniciación como comerciantes y empresarios que dan empleo a habitantes, fomentando con acciones, el crecimiento económico local, y desde luego, la interculturalidad expuesta en las expresiones culturales compartidas a través del respeto, y en función al diálogo, el aprendizaje de una segunda lengua conlleva a compartir con los hijos el conocimiento de una lengua extranjera, proporcionando herramientas que han de servir para su desarrollo intelectual.

En cuanto a las expresiones culturales adquiridas, y que se visibilizan entre algunos migrantes, los tatuajes son considerados como rasgos de identidad, en este sentido, es un poco común ver de vuelta a coterráneos con algunos cambios en sus brazos, las imágenes en tinta generalmente en color negro expresan la reminiscencia que quieren llevar puesta en su presente. Hoy los tatuajes ya no tienen tanta carga simbólica, son una moda. Se perdió el sentido simbólico y adquirió uno más directo de la personalidad y el gusto; generan nuevas formas de identidad, ya no está mal visto alguien con tatuajes.

—Allá te ocupan de lava trastes, a veces el "boss", como allá le dicen,se pasa de lanza con los paisanos, son bien gachos, y uno con la necesidad de trabajar para ganar dinero, pues tiene uno que aguantar, por eso muchos se rajan, porque no aguantan que los traten mal.—

—Primero se fue mi hijo el grande, después se fue mi otro hijo, ya ninguno de los dos se regresó, por allá se juntaron, el grande quien sabe cuántas veces, pero ninguno de los dos vino cuando murió su papá, ya tienen sus papeles, pero pues no pudieron venir.—

—Nos encontrábamos los paisanos en ese restaurante, yo creo que todoso la mayoría hemos trabajado allí, la dueña dice que le caen bien los que somos de aquí, lo malo es que hay unos que nunca han podido hacer dinero, y es que también en el gabacho se gasta, y aunque compartas apartamento con otros, hay que pagar renta, comida, ropa, el carro no es un lujo, es una necesidad, y si se junta uno, pues los gastos crecen, ya con hijos es más difícil regresarse al pueblo porque se meten a la escuela, y uno hace una vida de rutina, yo vengo al pueblo cada tres años y lo único que tengo aquí es una casita para cuando llegue el día que ya no pueda trabajar, ese es mi pensamiento.—

—Cuando yo llegué a Estados Unidos pensé juntar un dinerito y regresarme, comía una vez al día, le mandé los dólares a mi mujer pero siempre me decía que no podía guardar nada porque no se completaba, cuando llegó la migra, me agarraron y me deportaron, ya no pude seguir trabajando por allá, ya ni le pude avisar a mi mujer, nomás llegué a la casa y se llevó una sorpresota, pero después de unos días, el sorprendido era yo porque debíamos mucho dinero de materiales para construcción por los dos cuartos que le hizo a mis dos hijos.—

—Yo me fui muy joven, siempre quise trabajar para darle a mis padres una vida buena, yo soy el más chico y ya todos mis hermanos se habían casado, allá conocí a mi esposa, nos enamoramos desde el primer día que nos vimos en el trabajo, estábamos trabajando en una panadería, le echamos muchas ganas y ya con el tiempo nos juntamos, juntamos dinero, y pusimos una panadería, no nos podemos quejar, nos ha ido bien, gracias a Dios, ya no pude llevar a mi papá porque se murió casi luego que yo me fui a Estados Unidos, pero mi mamá y mis suegros si fueron para allá muchas veces, les dábamos lo que podíamos y ahora cuando vengo al pueblo voy a verlos al panteón y les llevo sus flores. Ya no me regresaría a vivir aquí porque ya tenemos la vida echa allá, la familia creció y pues ya nos acostumbramos.—

—Lo poco o mucho que logré hacer en California, se lo debo a mi jefecita, yo le mandaba el dinero y le decía que agarrara para su gasto, y cuando llegué, me tenía todo mi dinero guardado, lo único que gastó fue en el terreno donde ahora, tengo mi casita, antes estaban bien baratos los terrenos y ya con el tiempo agarraron valor, ella siempre ha sido bien buena madre y yo, le debo todo lo que tengo.—

—Mi primo y yo intentamos cruzar, pero no lo logramos, ya después élse fue, yo no pude porque nació mi hijo, pero mi primo se quedó por allá, duró muchos años, pero tuvo un accidente por allá y regresó enfermo, ya no pudo componerse de su salud.—

—Un día le dije a mi esposo que ya estaba cansada de trabajar tanto yno lograr hacer nada, le dije que nos fuéramos de mojados al otro lado, me agarró la palabra, y nos fuimos con nuestros hijos, la más chica ya había salido de la secundaria, ahora ya tenemos papeles y aunque queremos mucho nuestra tierra, ya no nos regresaríamos a vivir porque donde estamos ahora vivimos más dignamente, la casa todavía no acabamos de pagarla, pero ya es nuestra y tenemos lo que nunca tuvimos en el pueblo.—

—*"Jamás regresaría a trabajar a Estados Unidos, allá fui un empleadoy aquí soy patrón de mi negocio, aquí, nadie me manda"*—

ARCHIVO MUERTO

Antes de 1859, los registros de nacimientos, defunciones y matrimonios estaban a cargo de las parroquias de los poblados y ciudades, es decir, el clero tenía el control absoluto de este aspecto de la vida social. Sin embargo, la promulgación de las Leyes de Reforma, donde se estableció la separación del Estado y la Iglesia, permitió el decreto de la Ley Orgánica del Registro Civil el 28 de julio de 1859, a cargo del presidente Benito Juárez[20]

Los registros poblacionales ya podían ser resguardados en el palacio municipal, los archivos recopilados en la comunidad de Los Pérez fueron supuestamente entregados en cajas de cartón, a su mandatario principal, sin embargo, la población estaba constituida por una cantidad pequeña de residentes, de tal modo que todos se conocían entre sí, concerniente a los habitantes del pueblo, en este sentido, es relevante comentar que queda en la consideración del lector la opinión de suponer ficticias o verídicas las siguientes narraciones, puesto que son relatos provenientes de una sección, y a su vez, son testimonios orales de lo hipotéticamente sucedido.

> —*"Cuando ya había para dar papel, cuando se hacían registros, se mandaron los libros que había en Los Pérez al pueblo, y allí ya se podía pedir papel de nacimientos, de casamientos y de muertes".*—

> —Artos fuimos los que nos tuvimos que volver a registrarnos porque el presidente mandó limpiar el cuarto donde hacían los papeles de registro y las cajas de los apuntes las quemaron, por eso el papel de Cadereyta no es igual que el de aquí, a mí se me olvidó cuantos años tenía y me pusieron de testigo uno que estaba en esa oficina para que

---

20 Gobierno de México. Memórica (s.f.) El registro de las personas: de la fe de bautizo al acta de nacimiento.

vieran que yo había nacido aquí, aquí he vivido siempre, mi abuelo tenía su casa de adobe en el toril.—

—*"Mi abuelo era ateo, nada más tuvo a mi mamá de hija y no la registró en la parroquia y cuando mi abuela quiso registrarla, ya ni se acordaba cuando había nacido"*—

—Perdieron identidad, la presidencia estaba a un costado del rastro, dicen que se pusieron a barrer las oficinas que eran solo dos cuartos y ya entrados en las labores, decidieron separar los documentos útiles de los inútiles, en el entendido que había documentos muy viejos que ya no servían para nada, lo que no pensaron es cómo se daba razón de sus nombres completos o de la fecha en que nacieron, ellos seleccionaron y prendieron fuego a los documentos que ante la mirada de unos pocos, se fueron convirtiendo en cenizas y de la que sólo quedaría huella en la pared que guardó por días la marca negra de humo, como lienzo y como único testigo de la extinción de nativos que tenían carne y hueso, y que empezarían a vivir un verdadero calvario, es que tuvieron que registrarse nuevamente para existir en un pueblo que los había eliminado de sus registros. Para mis padres, volver a registrarse fue sencillo, pero para otros, fue una osadía, porque quien acudía a solicitar su derecho, estaba condicionado a ser acompañado por el ayudante del presidente para servir como testigo y había veces que ni siquiera se conocían.—

PRECURSORES DE LA NUEVA VIDA

Finalmente, cuando calmaron las tempestades, algunas familias ya no volvieron a su entorno, otras más, que también habían migrado, regresaron a sus hogares a comenzar de nuevo en sus ocupaciones y modos de vida. Parecía que los pobladores por fin recuperaron la tranquilidad, retornó la peculiar sinergia que les caracterizó años atrás. Las actividades económicas comenzaban a dar frutos, existía un trato de familiaridad entre los pobladores, todos se conocían por nombre y apodo, la equidad imperaba hasta cierto punto, en el tema económico no se marcaban diferencias, toda vez que quien tenía comercio, se daba el lujo de abastecerse del mismo, y quien tenía tierras, no le faltaba frijol, maíz y ganado para comer.

Las actividades económicas de los pobladores que se desarrollaban en aquella época, era el comercio, la producción de granos como el frijol y el maíz, y mayormente la producción ganadera y avícola, posteriormente, el comercio se incrementó de manera considerable.

El emprendimiento familiar ha sido un parteaguas en el desarrollo económico local, de esta manera se han adicionando inversiones empresariales que han perdurado hasta nuestros días, además, las actividades económicas tienen a bien satisfacer las necesidades primarias de los habitantes, de tal manera que los alimentos, la vestimenta y la salud, estén cerca, en una misma comunidad, por otra parte los servicios juegan un papel importante en la economía de la localidad, en este sentido, cabe puntualizar que a mayor emprendimiento, mayor producción económica, lo que conlleva a generar empleos y además, obtener recursos financieros que se quedan en casa y en la misma comunidad.

A continuación, a manera de reconocimiento y respeto, se mencionan en orden alfabético, no cronológico, algunos nombres de personas que, mediante las actividades laborales realizadas, han contribuido al desarrollo económico de la población, así mismo, en el caso de omisiones involuntarias por desconocimiento, es necesario enaltecer a quienes, en nombre, no se muestran en este capítulo, sin embargo, el acogimiento es dedicado en modalidad de reserva y acentuado agradecimiento.

La ganadería ha sido una actividad peculiar y distintiva en la localidad, simultáneamente se ha realizado la engorda y producción de animales de traspatio en corrales de engorda para fines de autoconsumo y comercialización de los mismos. Además de reunirse dos o más coterráneos para "salir a ranchear" esto significa cabalgar, caminar o viajar en camioneta hacia las comunidades cercanas para efectuar la compra de ganado bovino, porcino y caprino, una vez de regreso al pueblo, los animales son llevados directamente a vender con comerciantes que tienen el espacio para mantenerlos mientras los venden a carniceros y barbacoyeros.

—"Se acostumbraba mucho la engorda de tras patio, cuando había que celebrar algo, agarrábamos un guajolote o gallina y a comer como Dios manda, también vendíamos los animales y el huevo".—

—Aunque las casas eran grandes, no todos tenían lugar para engordar animales, mi papá se iba a medias con un señor (Jacinto) que vivía en piedras negras, mi papá le llevaba los animales y el alimento, el dueño del corral les echaba de comer y cuando ya estaban buenos para venderlos, los vendían y se iban "a mitas" con el dinero de la venta, también eran socios en la siembra al tiempo.—

—"Unos (Antonio, Daniel, Donato, Enrique, Faustino, Severiano) nos íbamos a ranchar a las comunidades cercanas, pero también llegábamos más lejos para no regresar sin animales, nos íbamos a otros municipios"—

—Íbamos (Enrique, Faustino) de vez en cuando para Colón a comprar ganado, ya habíamos caminado mucho y el hambre nos estaba fregando, no había tiendas en el camino, ya estábamos bien malpasados, lo bueno que cuando vimos una casita, la señora de allí, aceptó vendernos unos calditos de frijoles, no tenía más que vendernos, nos pusimos bien contentos cuando vimos la cazuela de frijoles y las tortillas calientitas, empezamos a comer, y de repente, al cucharear, vi un manojo de greñas, rápidamente agarré mi tortilla y las tiré a un ladito, era tanta el hambre que traíamos que no nos íbamos a poner delicados.—

—"Hoy en día, en la producción avícola la siguen haciendo los hijos delos primeros que comenzaron (Antonio, Julián), hay quien ya no le siguió (Andrés, J. Guadalupe), más antes eran muy pequeños los que se dedicaban a esto, se les decía polleros (Juan), y los ganaderos de bovinos eran muchos, ahora son más"

—*"Saber lazar es evitar que se te pierda el ganado, la soga es lo primero que se debe mirar que no falte, es que, aunque los animales caminan juntos, no falta el que se desvía"*—

—Andaban en camioneta, en caballo o a pata, depende donde fueran a comprar el ganado, un día dos ganaderos (Babo, Faustino) se fueron temprano hacia Tetillas, de repente vieron unas bolas de lumbre que andaban como si bailaran, subían y bajaban, pero no podían ver de qué se trataba, entonces uno de ellos preguntó: - ¿Qué serán esas bolas? -Han de ser personas que, para caminar, se están alumbrando, respondió el compañero. Los dos ganaderos caminaban y caminaban sin llegar a ningún lado, lo único que veían frente a ellos, eran las bolas de lumbre, cuando vieron que las bolas dejaron de tener luz, se dieron cuenta que se encontraban adentro del panteón, estaban confundidos y desconcertados al saber que a pesar de haber caminado por horas, jamás lograron llegar a Tetillas, razón por la cual uno de ellos llegó a la conclusión que no se trataba de personas que se estaban aluzando con antorchas mientras caminaban, ellas no eran personas, eran brujas.—

Los bueyes o mulas que son unidos por un yugo, se les conoce como yunta, estos animales son utilizados para surcar la tierra y posteriormente el agricultor siembra la semilla, de tal manera que la agricultura también ha sido una actividad importante en la comunidad, siendo las semillas de maíz, frijol, nopal y alfalfa las más usadas en el cultivo. La plantación de maguey también forma parte del cultivo local, aun cuando tiene un proceso largo de maduración que abarca de 7 hasta 12 a 15 años, sus usos son diversos, ya que la penca de maguey picada se utiliza como complemento alimenticio de caprinos y bovinos, y de la flor del maguey, se obtiene el quiote, es un comestible para los humanos, de igual manera, las quesadillas preparadas con los pétalos o gualumbos de la flor de maguey mezclada con otros ingredientes, dan como resultado deliciosos guisos que se distinguen en la gastronomía tradicional mexicana, y como si fuera poco, también se crea el líquido base obtenido del maguey nombrado neutli o aguamiel para producir la bebida considerada antiguamente como "el néctar de los Dioses" y que se conoce como pulque u octli . La penca de maguey también se usa para tapar los hornos de barbacoa, cocinar nopales y carnes a la penca, además, una vez retiradas las espinas, se hierve en agua, y puede ser tomada en pequeñas cantidades y a temperatura "al tiempo" ya que tiene propiedades desinflamatorias y antisépticas, por otra parte, del maguey se obtiene el ixtle con el que se producen los escobetones, estropajos, mecates, guangoches o ayates además de otros productos. Como puede verse, el cultivo de la planta de maguey ofrece una variedad extensa para sus usos, de igual manera, el cultivo de maíz, que sirve para alimentar al ganado y también al humano con la producción de la tortilla. La agricultura es considerada una de las actividades primarias con mayor antigüedad, en sus inicios se desarrollaba mediante la mano del agricultor y el uso de yunta de bueyes, más adelante, a partir del uso de la maquinaria, se ha desarrollado la producción de cultivo de estas y otras variedades de semillas facilitando el trabajo del agricultor.

>—Sembraba maíz, tenía mi parcelita atrás de mi casa, no era mucho pero salía para vendérselo a la señora de la calle del árbol grande, tenía un cuarto donde guardaba las mazorcas, y ella le vendía el maíz a una señora que venía de Cadereyta, un día una niña que vivía por allí, andaba como nadando en las mazorcas y le dije que le iba a salir un animal, pero ella no hizo caso y sí le picó un alacrán.—

—En mi casa, mi mamá tenía una olotera, la hacían con los olotes, muchas mazorcas sin maíz, unidas en forma de círculo y sujetadas alrededor con alambres, entonces le quitábamos las hojas a la mazorca y lo raspábamos en la olotera, caían los granos bien fácil en la boca del costal, ya cuando lo llenábamos, lo poníamos parado y empezábamos a desgranar más elotes para llenar más costales.—

—¡Ah!, lo que se hacía con el maíz, lástima que cada vez se va perdiendo lo bonito que antes había, ya mis hijas ni siquiera agarran el metate, aunque lo vean en la cocina, y eso que me vieron a mí, cuando yo tenía fuerzas, hacía pinole, me quedaba bien finito, como el mismo polvo, primero ponía mi comal de barro en la leña, ya que estaba bien caliente, echaba a tostar la canelita de un lado, y el maíz en el otro lado del comal, eso sí, hay que estarlo volteando, ya cuando tronaba, lo quitaba del comal y luego venía lo bueno, a apachurrar con el rodillo el maíz, la canela, y también piloncillo, junto, pero de poco a poco, para que quedara bien molido, ese es el secreto, tener paciencia, hacer la molida con tiento para no errar en el sabor y la molida.—

—Yo no dejaba salir a jugar a mis hijos hasta que no desgranaran su porción de mazorcas, bueno, ni siquiera podían empezar a hacer su tarea, primero tenían que hacer su trabajo, es que es muy importante enseñarles que deben tener obligaciones, y la tarea es una obligación, pero no les deja dinero, y desgranar mazorcas no les deja dinero a los niños, pero ayudan a que caiga dinero en la casa y aparte, se hacen responsables.—

—La tortilla de maíz elaborada en comal de barro, es una representación de nuestra valiosa cultura, aun cuando se estilaba comer "tortillas infladitas", no todas las mujeres del pueblo las hacían, para obtenerlas, habría que comprarlas o encargarlas con las molenderas (Camila, Geno, Luisita, Lupe, Mari), ellas pasaban con su canasta, bien tapaditas con su carpeta blanca rodeada de "picos" de croché y bordadas en nylon con figuras y formas que deleitaban la mirada. Para cuando se pusieron el molino de nixtamal y las tortillerías (Gabino, Joaquín), se fue perdiendo la costumbre de hacer tortillas, aún se pueden conseguir, pero no como se conseguían antes.—

—Era muy raro en ese tiempo de atrás, cuando todavía no vendíamos la cosecha, los ricos comíamos frijoles y tortillas porque eso es lo que nos daba la tierra, de la que ya éramos dueños con papelito, y los que tenían carnicería (Aurelio, José, José, Juan, Maximiliano), es como si fueran los pobres, porque eran trabajadores, pero siempre comían carne. Ya después, unos siguieron con la tradición del negocio, siendo los hijos o nietos y hasta empleados y otros no, otros más abrieron carnicerías (Berna, Ignacio, Sergio)—

La venta del pulque es otra de las actividades económicas principales en la localidad. Con la planta de maguey madura, el tlachiquero comienza el proceso de raspado, forma un hueco sobre el cogollo, introduce el acocote y succiona el líquido nombrado como aguamiel, este líquido se transporta en recipientes confeccionados en cuero de caprino conocido como odres, después es depositado en barriles para iniciar el proceso de fermentación, estos barriles deben ser depositados en un lugar que tenga la ventilación y la temperatura adecuadas para su proceso de fermentación. Otra manera de fermentar el aguamiel para preparar el pulque se hacía depositando el líquido sobre el cuero del becerro, el cuero se extendía a modo de depósito para introducir el aguamiel, este cuero se colocaba sobre cuatro palos a una distancia de aproximadamente un metro entre piso y cuero.

—"*Más antes vendíamos (Alfredo, Andrés, Faustino, Francisco, José, Juan, Salomón), el pulque en la entrada o hasta atrás de nuestras casas, y para todos había compradores, unos lo despachábamos en jarros de barro, otros en tazas de peltre*"—

—"*El tinacal se llama así porque ese cuarto tan grande tiene buena temperatura y buena ventilación y allí es donde se ha dado una buena fermentación del aguamiel*".—

—"*A parte de la venta del pulque, también hay el negocio de cantina (Heliodoro)*"—

—Pues aquí se acostumbraba el pulque, en las casas humildes se tomaba como bebida para desatorar, o preparado en atole y en las casasacomodadas se tomaba por gusto, muchos tenían el negocio de venta de pulque, en esa época era un buen negocio, no faltaba la entrada de dinero y era raro quien no sabía raspar el maguey o quien no había probado el pulque en sus casas, había quienes decían que los niñosque no tomaban agua miel, crecían raquíticos y desnutridos, por eso andaban hasta chapeados, porque el pulque les daba los nutrientes para crecer sanos y ya después, borrachos.—

El comercio de víveres o abarrotes al menudeo se originó ante las necesidades de consumo para la subsistencia humana, y al mismo tiempo para conseguir ingresos útiles en el desarrollo económico de los tenederos. Con anterioridad a este tipo de comercio se les conocía como "pulperías", posteriormente se les nominó como "tienditas de la esquina" este término se debe a que en el tiempo colonial se obligaba fundar las tiendas únicamente en esquinas, así se estipulaba por reglamentación, más adelante se abrogó dicho reglamento dando cabida a establecer los comercios en cualquier área de la calle. Los anaqueles, vitrinas y mostradores estaban elaborados en madera, ocupaban toda la pared frontal y llegaban hasta el techo, en estos, se exhibían los productos, de tal manera que el almacén de la mercancía podía verse al entrar a la tienda, los clientes pedían los productos al tendero quien envolvía en papel de estraza algunos comestibles como el piloncillo, el azúcar y la longaniza, entre otros comestibles, se usaba también el papel periódico y se formaban conos en los que se despachaba los dulces. El maíz, el frijol y otros, se medían de manera tradicional, es decir, las unidades de medida se realizaban mediante un cajón de madera conocido como anega, puño, cuartillo y medio cuartillo, estos cajones se rellenaban al tope con el producto y se retiraba el excedente con la palma de la mano o un rodillo, la equivalencia de peso en kilogramos de un cuartillo es variable, ya que depende de grano medido y del cajón utilizado para su medición. Así mismo, para obtener el peso de bultos de maíz y demás, se utilizaba un instrumento conocido como romana, el peso del bulto se equilibraba con el peso del pilón y al alcanzar una posición equilibrada en la barra graduada se podía obtener el peso de la masa, este instrumento sigue utilizándose en la actualidad. En consecuencia, para obtener peso en kilogramos, se usa la báscula mecánica de peso que consiste en el contrapeso, el peso se obtiene al mantener equilibrio entre el producto colocado sobre el plato de la báscula y la lectura obtenida en la graduación impresa en la barra, este equilibrio se obtiene con el desplazamiento del pilón y la colocación de pesas en el caso de que la masa del producto supere la capacidad de medición de la báscula. Es sustancial mencionar que, en estas tiendas de antaño, también se podía conseguir telas, sombreros y demás artículos que se consideraban necesarios para el uso personal de los habitantes.

—Tiempo muy atrás, había tres tiendas medias grandes de abarrotes (Ignacio, Polonio, Sebastián), pero también se podía comprar telas, en una de esas tiendas, los dueños era un matrimonio, esa tienda estaba en una esquina, vendían tela cambaya, shashal (transparente) "pero en la lavada tupe", decía la señora, y el señor decía: "tupe, una fregada".—

—Había tiendas que se llamaban "La Asturiana", "La perla", "La fama"—

Así mismo, han existido tiendas de antes y ahora que son atendidas por sus propietarios (Aida, Alicia y Mundo, Angelita, Belén, Benjamín y Lilia, Bulmaro y Cata, Casimira, Cruz, Dolores y Eliodoro, Dolores y Gabriel, Federico, Genaro y Pina, Inés, Irma, Isidra y Lupita, José, Josefina y Filemón, Juanita, Leonor, Lourdes, Lupita, Matilde, Miguel, Norberta, Pepillos, Petra y Xsiquio, Senorina, Silvia, Transito y Julián). Se reconoce el servicio que ofrecen (Gori y Macushi) de ir a comprar a la tienda algo que hace falta, y apoyar en mover o acomodar algo de la casa o el negocio.

Dada la importancia que tiene el tema del consumo de alimentos y la obtención de los mismos mediante los recursos naturales, es importante proseguir con la conexión entre animal y comestible, por un lado, los alimentos de origen animal de los que se obtiene la carne, el huevo y la leche y por otro lado la producción de los mismos como actividad económica principal de la localidad, en este aspecto, y como se ha mencionado anteriormente, los habitantes han ocupado su tiempo, dedicación y recursos económicos para iniciar negocios productivos que han perdurado por décadas, de tal manera que el crecimiento económico se debe en gran parte a los precursores de estos oficios y de quienes se reconoce sus esfuerzos por mejorar la calidad de vida familiar y la de los pobladores al generar fuentes de empleo y la oportunidad de conseguir los productos alimenticios a pocos pasos de las viviendas.

De la ordeña de las vacas se obtiene la leche bronca que se deposita en tarros, se vende por litro medido en un recipiente de aluminio, otra porción de leche se separa para cuajarla y elaborar el queso artesanal. El comercio de leche y la producción de queso se han efectuado en los hogares de los vendedores (Catalina, Enrique, José, Licha, Utilia), más adelante se fundó la primer quesería en un establecimiento público, no obstante, era una costumbre hacer el queso en casa, elaborados sobre zarzos hechos de carrizo y mecate que servía para el drenaje de suero.

Hablar de la actividad ganadera, es el meollo del asunto primordial que ha dado fama a la localidad, de tal manera que algunos ganaderos se han destacado en el hato ganadero con la engorda, producción y venta de ganado, posicionándose en un nivel de éxito que les permite mantener un crecimiento personal y económico que sería imposible medir y plasmar en este escrito. Sin embargo, también suelen efectuarse las ventas mínimas de ganado y los compradores dirigen su adquisición a la venta de carne cruda, maquila y venta de carnitas (José, Juan, Mirella y David, Polioptrio, Pureza, Salvador) barbacoa (Berna, Ignacio, José, Juan) y la preparación y venta de los tacos (Chela, Cristina, José, Juan, Juan Martín, Rubén, Simón) Del mismo modo, la producción avícola es significativa en la comunidad, primeramente por un jefe de familia (Antonio,

Julián) heredando el oficio a sus hijos y luego se sumaron otros habitantes en la producción de pollos. Así mismo, se comenzó a comercializar el pollo en pie iniciando los negocios conocidos como pollerías donde se consigue el pollo crudo para prepararlo en casa. Más adelante y con la visión de servicio y crecimiento, se instalaron negocios (Efrén, Nalo, Rosa y Manuel) que disminuyeron el trabajo de las amas de casa, toda vez que se consigue el pollo listo para su consumo, preparado en las máquinas rostizadoras a gas, y que de igual manera, se degusta en los mismos establecimientos, así como en los restaurantes (Celina, Chela, Lilia, Yolanda) y en la primer marisquería (Juanita) fundada en 1980.

Continuando con la perístasis de la comida, el pan, es un alimento básico preparado con harina de trigo que se elabora y se coloca en canastas de mimbre y charolas de exhibidor de pan para su venta.

Inicialmente, las mujeres y hombres, aprendían a hacer pan para consumo de la familia, luego, algunos habitantes fueron incrementando la producción con la finalidad de realizar el proyecto de emprendimiento, y de esta manera, se daba el comienzo a la comercialización en modalidad ambulante del pan, la señora (Evodia) que lo vende, coloca el pan en una canasta de mimbre, tapado con plástico y una hermosa carpeta de picos, así mismo, también en una canasta, el vendedor (Javier) coloca las deliciosas donas en papel de estraza para deleitarlas sin azucararse los dedos. Posteriormente, se fundarían panaderías generando empleos a panaderos (Ángel, Felipe, Fernando, Javier, José, Miguel), por otra parte, estos establecimientos posibilitan la compra en el preciso momento del antojo y la demanda del consumidor, en estos locales comerciales, los vendedores (Antonio y Lupita, Celia, Gerónimo, José e Hilda) ofrecen una gran variedad de pan dulce como los besos, campechanas, chilindrinas, cocoles, corbatas, cuernitos, donas, ladrillos, pan de muerto, piedras, polvorones, puerquitos de piloncillos, semitas, además del pan de sal como los bolillos y las teleras.

—"Lo que yo te puedo decir, es que la mayoría de las mujeres han sido bien trabajadoras, y aunque uno supiera que vivían cómodamente, algunas señoras y señoritas hacían queso en sus casas, otra señora llevaba a vender las natas de leche a una panadería"-

—*"Cuando me iba a la primaria, primero pasaba a la tienda (Petra y Siquio) por mi pan piedra o por mi torta"*—

La gastronomía mexicana se caracteriza por sus antojitos mexicanos, mientras que el antojo es la sensación de tener ganas por comer y saborear "algo de la calle", al mismo tiempo este tipo de venta de comida es una fuente de ingresos que se obtiene desde tocar de puerta en puerta para que sus vendedoras (Luisita, Mari, Eustolia) ofrezcan sus riquísimas enchiladitas, otras comerciantes deciden instalarse en el jardín grande (Chencha, Manuela) y preparan unas deliciosas tostadas de cueritos, picadillo y nopalitos, también hay un puesto (Irene) donde se puede degustar de las famosas gorditas y enchiladas, siendo éste un negocio con la peculiaridad de persistencia y constancia desde hace muchísimos años, iniciando sus primeras ventas en la carnicería de su tío, donde se complementaba la gordita con la barbacoa. Otras vendedoras (Chinta, Fortunata, Jacinta, Juliana, Lupe, Mari, Senorina, Tere) han usado las entradas de sus casas y locales comerciales para efectuar la venta y donde los chiles en vinagre no pueden faltar, de tal manera que también son preparados y vendidos por mujeres emprendedoras. Así mismo encontramos puestos de tamales (Chencha, Nico, Rosita) de sabor dulce o de chile, los tamales son otro antojo que se vuelve necesario comprarlo y consumirlo en celebraciones como el día de la candelaria y las fiestas decembrinas, de la misma manera, los típicos buñuelos son elaborados (Chencha) principalmente en la época navideña.

Otro producto para comer que podemos comprar en la calle y que no es precisamente considerado como antojito mexicano, es la jícama, esta verdura, una vez lavada, se le retira la cáscara, se corta en rodajillas y se le pone chile y limón, la vendedora (Herminia) le coloca un palito de paleta para que se pueda comer con facilidad. No muy lejos del puesto de jícamas, venden (Rosalía) elotes y esquites preparados con mayonesa, queso, limón y chile.

—Bien chambeadoras esas mujeres, no le hace que se tengan que mover su puesto de un lado al otro, las jícamas (Herminia) las traen en su carretilla y se vienen al centro, al jardín chiquito, también su hermana (Rosalía), con su puesto de elotes y esquites, pero ese emprendimiento viene desde su mamá, era una mujer muy trabajadora.—

Prosiguiendo con el tema de verduras, es necesario añadir las frutas, toda vez que estos comestibles se obtienen en un mismo establecimiento, como se ha hecho referencia con antelación, la compra y venta de frutas, legumbres, verduras y demás, se realizaba en el tianguis o mercado ambulante posicionado en el jardín chiquito y calles colindantes. Venía gente de localidades aledañas a vender también sus hortalizas, era común encontrar verdolagas, quelites, acelgas, limón de mata casera, aguacate y el tan usado e importante grano de maíz, el blanco para consumo humano y el amarillo para consumo animal, otro grano que no podía faltar en el tianguis es el ayocote o frijol volador, además del frijol pinto, flor de mayo, bayo y la alubia o frijol blanco. Por otra parte, algunos habitantes comenzaron a comercializar la fruta picada (Emigdio), la venta de jugos (Lupita) y las sabrosas paletas de manzana acarameladas (Elvia, Juanita, Sagrario), cubiertas de chocolate o cajeta que se colocan sobre un palo y se exhiben sobre un paletero de madera con orificios donde se introduce la paleta y de esta forma, jóvenes trabajadores se dedican a vender por las calles del centro obteniendo ganancias por comisión. Igualmente, los habitantes (Amalia, Amparo y Mundo, Carmen y Luis, Chay y Alfredo) impulsados por obtener mayores y mejores ingresos, tienden a emprender negocios que consideran necesarios en la localidad, de tal manera que después del estudio, erigen y ejecutan las fruterías que abastecen a la comunidad, logrando el crecimiento comercial.

Los oficios de trabajo manual también han sido una parte sustancial en el desarrollo y crecimiento comercial en la localidad. Dentro del oficio de la costura, encontramos confeccionistas de ropa (Las Candis, Elvira, Eufrosina, Josefina, Jovita, Maximina), que desarrollaron el arte de la actividad manufacturera de prendas de vestir, una de ellas realizaba elegantes aplicaciones de shakira y lentejuela en vestidos de fiesta. Así mismo, había un grupo de señoritas y señoras que dedicaban un tiempecito para reunirse y ejercer el tejido artístico, usaban el hilo croché con ganchillo, la unión de puntos y cadenas finalizaban en la confección de colchas, manteles, y carpetas principalmente, su pasatiempo, era remunerado, ya que realizaban la venta de sus hechuras a la compradora (Amparo), ella venía de Tequisquiapan. Más adelante (Ana, Araceli, Mari) se dieron a conocer como buenas tejedoras. También mediante la sastrería (Agustín) ha confeccionado por encargo, ropa para hombre, como los pantalones con botones tarugos, y para completar la vestimenta, los sombreros que cada día se usan menos, pero que siguen a la venta, primero en ese mismo predio y también a unos cuantos pasos, otro negocio de sombreros, porque actualmente la esquina de la sastrería ofrece servicios funerarios. Posteriormente se abrieron maquiladoras textiles (Caracheo, Corro, Zárate) donde se generan espacios de empleo, mejorando la economía de muchas mujeres que buscan obtener sus propios recursos económicos y de hombres que, en algunos casos, encontraron un empleo diferente al de ser cargador, de tal suerte que es importante reconocer a este grupo de empresarios que dan empleo y al mismo tiempo conllevan al incremento de venta en negocios como fondas, tiendas y demás.

Para realizar estas actividades, además de las máquinas de coser, se requieren materiales como telas, hilos y agujas, anteriormente estos insumos se vendían en algunas de las tiendas grandes, más adelante se instalaron comercios especializados en la mercería (Serafina, Susana) donde ya se puede conseguir aplicaciones bordadas, variedad de botones, blondas, cintillas, encajes, etc. Por otra parte, en la venta de telas (Coty y Raúl) por metro o recortes, existe una gran variedad de telas para emplearlas en la confección de ropa, cortinas, manteles y demás. Igualmente se puede conseguir todo tipo de prendas de vestir ya que existen tiendas de ropa (Hortensia, Lupita, Juanita) en las que algunas ofrecen incluso, ropa para ocasiones especiales como bautizo, bodas, primeras comuniones y para las quinceañeras, además de calzado, y justamente, los zapatos para toda la familia los encontramos en las zapaterías (Elvira, Juanita, Lupita, Maru, Pepa, Serafina y Lili) una de estas zapaterías con marca nacional. Ya los zapatos para jugar el futbol que se les llama "tacos", los balones, las playeras, shorts, calcetas y todo eso del deporte se consigue en otra tienda (Gabriel).

Los zapatos usados tienen una segunda oportunidad de uso con la reparación de suelas, tapas, costuras, o todo lo que pueda arreglar un zapatero (Silvestre, Erasmo) además, hay quien (Anatolio) sabe hacer guarache tradicional con suela de llanta y para mantener los zapatos bien lustrados, el bolero (Silvano) acude a domicilio para que no falten zapatos por bolear. Así mismo muchos niños y jóvenes se instalan en el jardín grande para ofrecer el servicio de boleado, llevan consigo su cajón de bolear, cepillos de cerdas suaves, la franela para aplicar los productos de tinta, y la pomada o crema para lustrar, no debe faltar el peculiar rechinido al estar aplicando fuerza para obtener el brillo deseado.

En el ámbito terapéutico, es importante mencionar que, desde tiempos lejanos a la fecha, se recurre a las plantas medicinales que deben ser usadas en cantidad, proceso y dosificación con conocimiento previo, toda vez que el uso de las mismas puede ser perjudiciales a la salud. Dentro de las plantas encontramos el cilantro para el control de enfermedades cardiacas, el diente de león contra enfermedades de origen hepático y biliar, la equinácea que favorece el sistema inmunológico y la cicatrización, el espino blanco con propiedades relajantes y antioxidantes, el eucalipto y el gordolobo para disminuir los problemas respiratorios, la hierbabuena en problemas digestivos, biliares y hepáticos, además alivia los dolores y los mareos, la manzanilla, calma los dolores estomacales, de inflamación, y disminuye la fiebre, la menta, además de su agradable olor, se utiliza como antiparasitario y para problemas digestivos, por otra parte, el perejil tiene propiedades diuréticas que previenen los cálculos de riñón y favorece la nutrición, también es usado para el control de la presión arterial, el romero es una planta predilecta que es común encontrar en los patios de las casas, su peculiar aroma nos llega al olfato cuando se acerca alguna persona con los chiqueadores hechos de ruda y colocados sobre las sienes para mitigar el dolor de cabeza, la sábila es usada como depurativo y para atender problemas de la piel, el tomillo para problemas digestivos y respiratorios, y por último, la valeriana, conocida por sus efectos sedantes. Finalmente, es importante considerar que se debe tener conocimiento para hacer uso de las plantas con fines terapéuticos, y conceptuar que no todos los organismos responden de igual manera, además, desconocer la gravedad de las enfermedades resulta contraproducente, de tal modo que se requiere acudir a personas con experiencia en el proceso y desarrollo del conocimiento empírico para el tratamiento de los malestares mencionados con antelación, así mismo, en el tratamiento de torceduras, luxaciones, dolor de articulaciones y esguinces en la utilización de un método basado en sobar las áreas afectadas, la aplicación de ungüentos y la colocación del vendaje que hacen los sobanderos o hueseros (Dolores, Donaciano, Héctor, Mario). Por otra parte, científicamente hablando, es primordial la opinión de especialistas en materia de salud (Baltasar, Constantino,

Efraín, Fernando, Ignacio, Manuel, Rosales, Servín) ,para que una vez diagnosticado el paciente, acuda a surtir los medicamentos a los establecimientos denominados farmacias, en este sentido, la farmacia de "las güeras" hijas de don Rafael, atendían justo donde anteriormente se encontraba una tienda grande, en la esquina, pero primero fue de don Jacinto, y en esa misma calle, pero por la presidencia, hay otra farmacia (Efraín y Marta), Luego la de dos hermanas (Blanca y Chela), otra farmacia por donde muchos años antes, le decían "la era", allá donde estaba el bordo, las dueñas, unas hermanas, (María de Jesús, Librada), pero ninguna de esas fue la pionera en el ámbito de comercio medicinal , muchos años atrás había un químico farmacéutico (Jesús) que le decían el boticario, su establecimiento se encontraba camino al baratillo y atendía en el momento que el cliente tocara a su puerta, si era de madrugada, abría una pequeña puerta por donde surtía los medicamentos.

La vocación puede entenderse como el interés de realizar acciones que hacen sentir bien a quien las realiza a quien recibe el servicio de esas acciones, en este aspecto es obligatorio dar reconocimiento a los médicos especialistas que además de ofrecer sus servicios, dan apoyo emocional y en ocasiones prescinden de sus honorarios para dar soporte y sostenimiento al paciente y/o al familiar de éste.

El Instituto de Seguridad y Servicios Sociales de los Trabajadores del Estado (ISSSTE) envió como médico de zona a un doctor joven(Juan) que ofrece un servicio de calidad, es muy amable y siempre recibe con mucha humanidad, él atiende las emergencias sin importar el horario, siempre está dispuesto a abrir su puerta y salvar vidas, aun cuando sea de madrugada y no sean horas laborales establecidas porel instituto.

No puedo pasar por alto mencionar en modo de reconocimiento y gratitud al doctor (Baltasar) que atendió a mi hija pequeña cuando tuvo un accidente al caerle encima leche caliente, él, junto con su esposa (Conchita), estuvieron al pendiente de la recuperación de mi hija, no cabe duda de que la vocación, la empatía y la bondad, son valores que repercuten en la vida de los demás.

> *—"El doctor (Fernando) no nos cobraba la consulta a pesar de que le insistíamos que debía cobrarnos, y en nuestro caso no es porque no tuviéramos para pagarle, él decía que quedaba en familia".—*

Uno de los comercios imprescindiblemente necesarios e importantes en asuntos de educación escolar, es el negocio de papelerías, y en la escuela el conserje (don Shisho) siempre regala una sonrisa a los alumnos, en la escuela, los alumnos requieren de bolígrafos, cinta adhesiva, colores, gomas de borrar, hojas, lápices, biografías y láminas, diccionarios, libretas en cuadro, raya y dibujo, pegamento, reglas y otros artículos que se consiguen en papelerías atendidas por sus propietarios (Armando y Lupita, Gumersindo y Josefina, Oralia, Leticia y René) Además de ofrecer servicio de enmicado y engargolado. En el jardín chiquito no había bancas de metal, para sentarse había unos pollitos construidos en cemento mortero y forrados en pedacería de platos de colores y en todo alrededor del jardín, también había prados con muchas flores, la inocencia de los habitantes les permitía ver flores comunes, ya que entre la variedad de las flores se encontraban amapolas silvestres. Años después quitaron el quiosco y en su lugar pusieron una fuente, y frente a esa fuente se abrió una papelería (Gume) que se ha caracterizado por la singularidad de poseer la presencia de un personaje foráneo (Pablito) de estatura baja, con tupida barba y que se sienta en la banqueta para realizar el arte en papel de picado, sus herramientas consisten únicamente de papel metálico conseguido de las cajetillas de cigarro y una navaja desechable de afeitar. Sus habilidades artísticas dan como resultado la representación de templos religiosos a escala, es un hombre pacífico y silencioso que hace una reverencia de respeto al que recibe su arte a cambio de unas monedas.

> *"Cuando iba a comprar a la papelería me quedaba jugando en la fuente y luego me regresaba a mi casa sin lo que iba a comprar, siempre me tenía que regresar a la papelería"*

> *"Yo voy con la señora Lupita, es una señora muy bonita y siempre está de buen humor, un día ya no me completé para comprar unos colores y me regaló una caja chica de colores"*

> *"Ya hay hule para forrar los libros en las otras papelerías, pero en la que pusieron al último tienen de otro hule con figuras, ese es el que me gusta comprar"*

Prosiguiendo con la semántica del papel, los diarios o periódicos de noticias son medios de información en los cuales se comunica a la sociedad los acontecimientos relevantes internacionales, nacionales y locales que resultan de interés para los lectores, además de encontrar avisos de ocasión cuando se requiere encontrar empleo, comprar alguna propiedad, vehículo y demás artículos que se ofrecen en las publicaciones. Otro tipo de publicación que el lector disfruta es el cuento de vaqueros. Las mujeres que gustan de la lectura prefieren las revistas románticas o de chismes de la farándula, para interpretar el contenido de este modelo de textos, es necesario primeramente obtenerlos en la tienda de periódicos (Siros) y luego, dejarse llevar por la imaginación, la cual también se requiere junto con la creatividad y el ingenio, para diseñar la construcción de piezas, cuartos o habitaciones, además de la cocina, sala, baño y otros componentes que son necesarios en las viviendas, en este aspecto, podemos disfrutar de ver construcciones antiguas que están levantadas sobre bardas de piezas de adobe o piedra caliza pegada con el mismo. Una característica muy singular de este tipo de bardas es que tienen una medida de 60 centímetros de ancho, los techos son soportados sobre vigas de madera y cubrimientos en solera y teja. Así mismo, se puede ver todavía alguna barda manufacturada con cactáceas conocidas como órganos o chilayos. Otro punto importante es que aún se conservan en algunas paredes antiguas unos pizarrones hechos a base de cemento mortero con coloración verduzca, estos se encuentran en la que fuera la escuela "Josefa Ortiz de Domínguez" ubicada en la calle atrás de la iglesia chiquita, además, se conservan también los "pollitos" para sentarse a descansar, estos son colocados sobre la banqueta de la entrada de la casa o por dentro de la misma. Evidentemente este tipo de construcciones sigue existiendo, no obstante, la modernidad ofrece comodidad de la que nadie quiere prescindir, un ejemplo de ello son los inodoros, antiguamente se usaba la parte más lejana de las casas para construir las letrinas, eran una especie de bancas rectangulares o cuadradas cubiertas de madera con un orificio y habría que regar cal constantemente para evitar focos infecciosos, y como en todo, hay contrastes, en algunas casas tenían la condición económica para construir el cuarto de baño más cerca de las habitaciones, éste consistía en colocar tubo de albañal o asbesto y sobre él, una silla de fierro para poder recargar la espalda, por otra parte, era muy común usar las bacinicas que colocaban debajo de la cama, de esta manera, evitaban salir y que les diera un "mal aire", se decía que se enchuecaba la boca o empezarían a sentir un dolor de cabeza frecuente después de haber salido de la casa calientitos. Volviendo al tema de las construcciones antiguas que aún existen en la localidad, algunas de ellas han dado servicio como hostales o casas de huéspedes (Alfredo, Dolores) así mismo, existen construcciones contemporáneas en las que los dueños exteriorizan sus gustos acordes a sus posibilidades monetarias, en las que algunos casos, se han demolido construcciones viejas para dar paso a la modernización arquitectónica. Desde luego, para realizar las edificaciones, es necesario ocupar plomeros (Benito, Vega) además, adquirir materiales de construcción y artículos de ferretería (Abraham, Juan, Juanita y Carlos, Hipólito). A las puertas y ventanas, hay que ponerles vidrios (Benigno, Maldonado),el tabique rojo se consigue con el ladrillero (Javier), allí mismo se elabora y cuece en los hornos de ladrillos. La arena y grava con los dueños de camiones de volteo o camionetas de carga, este tipo devehículos circulan juntamente con los automóviles particulares de transporte de personas, y aún con el acelerado crecimiento vehicular, todavía podemos ver a personas montadas en un burro para trasladarse de un punto a otro, además a quienes se mueven en bicicleta y recurren con el bicicletero (Juan, Julián) para mantenerlas en buenas condiciones y para poner aire a las llantas, igual como se pone en la gasolinera (Abel) además de surtirse de gasolina y de productos que se requieren para la compostura de los automóviles. Es importante comentar que es muy posible que el primer combustible líquido comercializado en la localidad fue la venta del petróleo (Ester), teniendo en cuenta que algunas amas de casa comenzaron a cambiar los fogones por las estufas de petróleo, con lo cual, disminuyó considerablemente el trabajo doméstico de la mujer, ya que para usarlos fogones, debían conseguir leña que primeramente debían cortar, y luego cargarla sobre sus espaldas, cortarla en trozos e introducirla en los orificios que quedaban justo a las troneras o soportes de las ollas. Esta práctica continúa hasta nuestros días, pero afortunadamente cada vez más se integran a las nuevas formas de uso de combustibles para la elaboración de la comida, y aun cuando existen personas que cocinan con leña, carbón y petróleo, a la fecha el uso de gas es el más utilizado, simultáneamente, el combustible líquido denominado como gasolina, es empleado en los automóviles, se dice que antiguamente solo habíauno que era de uso particular, pero además, daba servicio público, más adelante se fueron sumando conductores (Félix, Fernando, Teodoro) que se dedicarían al transporte público de personas que solicitaban sus servicios. Así mismo, jóvenes (Jorge, Víctor) se iniciaron en el comercio de compra venta de autos usados.

> - *"Aquí nomás había un carro, el dueño (Antonio), de ese carro también tenía tele y por un centavo, nos dejaba mirarla, salían puras películas y comerciales, pero no estoy seguro si era allí mismo, o en otro negocio* (DOLORES Y HELIODORO)"-

Existen comercios de entretenimiento que operan como fuente de ingreso para los propietarios y trabajadores y, por otra parte, funcionan como lugar de diversión para los compradores, espectadores y jugadores entre otros. Uno de los lugares de diversión para los niños que disfrutan del matiné, es el cine (Sebastián), ubicado en contra calle del auditorio, en esa misma calle sigue un billar (Roberto), Posteriormente, instalaron el cine a la salida para Tequisquiapan (Isabel), acomodando el mote del cine nuevo, sin embargo se tiene el dato que muchas décadas atrás, se daba función de cine (Emeterio) en el auditorio municipal, que consistía en poner una televisión donde se reproducían películas en blanco y negro y únicamente mediante señal analógica.

La localidad no ha sido exenta de contar con espacios de entretenimiento en tendencia, tal es el caso del patinerama (Jorge), donde mientras se da vueltas a la pista de patinaje, se escuchan las canciones de moda que por cierto, se pueden escuchar en casa y pueden adquirirse en la tienda de discos (Juan, Lancho), y si además de escuchar música, a los jóvenes les dan ganas de bailar, acuden a la discoteque Cristal, un lugar que además se renta como salón de eventos especiales como quince años y bodas, en ese tipo de celebraciones la presentación es indispensable, de tal manera que las mujeres antiguamente eran "arregladas" en casa, solicitaban el servicio de la maquillista (Anita) en la actualidad, acuden a las estéticas o salones de belleza (Bety, Estrellita, Irma) para ponerse guapas, mientras que los hombres se cortan el pelo en peluquerías (Cheve, Raimundo) y para recordar las celebraciones importantes, es imprescindible guardar los recuerdos en imágenes como las fotografías, para ello los estudios fotográficos (Jesús, Lucy) han permitido rememorar etapas y eventos importantes por medio de sus impresiones que realizan en un cuarto oscuro, libre de cualquier entrada de luz externa que impida el proceso de revelado donde se utiliza papel y sustancias químicas que bajo la labor virtuosa del fotógrafo (Jesús) se transforman en imágenes a las que todos recurrimos para recordar eventos y a nuestros seres queridos.

Así mismo, otro negocio de entretenimiento, es el negocio de las maquinitas (Armando, Ernesto), elaboradas en madera comprimida que soporta el monitor donde se visualiza el inicio, desarrollo y fin del juego, estas máquinas funcionan primeramente conectándolas a la corriente eléctrica y el encendido del interruptor, el cliente adquiere las fichas arcade, y las introduce en el fichero de la máquina que emite un sonido al caer al depósito, es entonces cuando ya es posible iniciar el videojuego, para ello se hace uso de la palanca y botones que operan como controladores y dependiendo del juego, .se ofrecen los juegos de vanguardia que divierten a los jóvenes pero que también los fastidia, cuando las maquinitas emiten un sonido de voz peculiar de "game over" al perder el juego. Otro tipo de sonido de voz es el que se escucha mediante el auricular del teléfono fijo que se obtiene de recibir llamadas o realizarlas al girar el marcador rotatorio de números, hablemos pues, de temas de comunicación verbal que son tan necesarias para mantener conversaciones con la familia que reside fuera de la localidad. En la actualidad hay hogares que cuentan con líneas telefónicas en las que se hacen llamadas de teléfono a teléfono, sin embargo, anteriormente eran muy pocos los hogares que tenían el servicio de telefonía y los usuarios dependían de las operadoras telefonistas (Ana, Araceli, Oralia) para poder realizar una llamada, de igual manera, las operadoras conectaban, y mediante un timbre y la voz, avisaban al recibir llamadas. De tal suerte que se instalaron las casetas telefónicas en la localidad, que eran necesarias para las personas que no tenían servicio de telefonía en casa y que solicitaban "conferencia" para comunicarse por esa vía mediante extensiones. Posteriormente el mote de "caseta" (Clementina, Enrique) se centró específicamente en la cabina cerrada con un teléfono donde el cliente tiene mayor privacidad. Otro tipo de comunicación es por escrito en el envío y recepción de correspondencia que se realiza en las oficinas del servicio postal (Elda, María Bonita, Josefina y David).

EL ANUNCIADO SACRIFICIO DEL GANADO

La ganadería atravesaba por un problema local que afectaba considerablemente a los ganaderos quienes detectaron ampollas en algunas partes del cuerpo de sus animales de doble pezuña, principalmente en los bovinos, además, a los animales les aquejaba una intensa fiebre que después se sabría, se trataba de una enfermedad viral llamada fiebre aftosa o glosopeda, de tal manera que hacer uso de albeitería, resultaba inútil.

[21]El 2 de abril de 1947 se estableció la Comisión México- Americana para la Erradicación de la Fiebre Aftosa, acordando una campaña de inspección, cuarentena y sacrificio de animales enfermos, medida que se conoció como "rifle sanitario" y donde se eliminaron en promedio, dos mil cabezas de ganado bovino y porcino al día. A los ganaderos se les indemnizó y las instalaciones fueron desinfectadas, prohibiendo la introducción de nuevos animales hasta constatar que se estaba libre de fiebre aftosa.

El gobierno federal se enteró de la peste y envío una sección militar para tomar el control del problema y evitar que se propagara a todas las zonas, la solución consistía en sacrificar a los animales arrojándolos al interior de grandes fosas, los ganaderos no tenían otra opción que aceptar una compensación económica y entregar todo su ganado.

—Había un tiradero de reses, una sobre otra, yo sentí mucha lástima cuando vi los ojos de un becerro cebú que parecía que me pedía ayuda, no me quitaba la mirada, echó un bramido, dirás que estoy loco, pero lo vi llorar. Yo no sé si era bueno tirar tanto animal, deveras

---

21 Gobierno de México. (2016)

que no todos se veían enfermos, pero decían que seguro y ya estaban contagiados.—

—"En el corral teníamos una vaca que nos daba leche y no la vimos enferma, no la entregamos al gringo y todavía nos duró mucho tiempo"—

—"Lo raro es que entre los señores que venían a sacar el ganado,- siempre andaba un gringo"—

—Allí si no había preferencias, todos teníamos que entregar el ganado, fuera quien fuera el dueño, y no se perdía completo porque si recibíamos un pago por las reses, no los centavos que valían, pero al menos un pago chico que nos iba a salvar de comer carne contaminada, pero ya después supe que a otros se los pagaron bien pagados.—

CABALLO, PISTOLA, BARAJA, ORGULLO Y HONOR

La mayoría de los hombres de los de "arriba", se transportaban de un lugar a otro montados en su caballo, vestían pantalón abotonado de "tarugos", portaban pistola y eran apasionados al juego de baraja, sin embargo, algunos usaban huarache de tira de cuero de ganado y calzón de manta como los "de abajo", se dice que cuando se mencionaba el nombre del pueblo, enseguida se relacionaba con pistoleros, los pobladores habían creado esa fama de valientes durante mucho tiempo, de allí la frase: *"traigo con qué quererte"*

—Le gustaba mucho la muchacha, pero ella tenía un pretendiente posesivo, siempre andaba en las esquinas cuidando que nadie se le acercara, un día el muchacho pasaba cerca de la casa de la muchacha, allá por el jardincito, y de sopetón, le descargaron las balas en la espalda, había dejado las marcas de sus manos ensangrentadas en la pared, en la mera esquinita de la parte de atrás de la iglesita. Cuando lo estaban velando, su perrito no se despegó de los pies de la caja, después andaba muy triste el perrito y de repente andaba brincando como cuando jugaba con su amo, corrió a donde le habían tirado un pedazo de pan, igual como cuando corría a recoger el pan que le tiraba su dueño, lo más sorprendente de todo esto es que más de dos escucharon una voz diciendo: "Ya no estés triste, yo estoy en paz".—

—Estaban echando trago y baraja, de repente, se oyeron unos balazos muy cerquita de allí y uno de los amigos dijo: - "Otra vez el canijo del (nombre).", y luego respondió: -Re-canijos ustedes, a poco no me ven, cómo voy a ser yo, si estoy aplastado aquí con ustedes.—

—Andaba bien borracho el muchacho, caminando por el camino viejo alJagüey y de repente se le acercó un hombre bien catrín montado en uncaballo, de esos caballos percherones finos, y el catrín le preguntó quepara donde iba, el muchacho le contestó que iba a un salón, a una fiesta, el catrín le dijo que se subiera, que él lo llevaba para que no caminara, el muchacho se subió y cuando llegaron al salón, el muchacho se bajó del caballo y el catrín desapareció, cuando se metió al salón, vio a una señora con pezuñas de puerco que bailaba sin parar, y al lado de la señora vio a un señor colgado en una percha como se cuelgan en los canales de los animales en las carnicerías.—

—Este muchacho sabía que esas dos personas ya estaban muertas, sabía que la mujer era conocida en vida, por dedicarse a la brujería, y el señor había sido muy malo, enseguida se le quitó la borrachera y caminó a su casa, le contó lo sucedido a su madre y ella le dijo que el catrín había sido el diablo, que también él hacía sus cosas buenas de vez en cuando, que ese salón no existía, pero los dos malvados sí, pero que ya estaban en el otro plano.-

—El hijo de la señora salía montado en su caballo, la primera vez que escucharon que tocaban como con fierro, el papá del muchacho salió rápido para abrir y se sorprendió cuando vio que era el caballo de su hijo el que tocaba con la pezuña, ya después se acostumbraron a abrirle al caballo pues reconocían la forma de su toquido.—

—Esos hermanos no se veían que trabajaran, no tenían negocio pero ¡cómo jugaban baraja!, se decía que en el juego ganaron casas y como "las deudas de juego son deudas de honor", mis vecinos se tuvieron que arrinconar en una tercera parte del predio, por mucho tiempo la gente le estuvo echando la culpa a los hijos de la señora de esa casa, pensaban que la mamá había vendido para que uno comprara reses, y al otro para que se fuera al extranjero, tiempo después, ella ya se había quedado viuda, hasta un día que en una "peda" uno de los jugadores dijo que habían ganado la casa a la buena, que la señora era de palabra, uno le preguntó que si a poco la señora era jugadora, y luego le contestó carcajeándose que no, pero que la palabra de su pariente valía para el buen nombre de sus descendientes. La señora se cambió a otra casa que después le compró uno de sus hijos, el hermano de la señora era el dueño de la tercera parte de la casa, pero se casó y se salió de allí, quién sabe qué es de ese pedazo de tierra. -

—*"Apenas cumplí los diez años y mi papá me dio de regalo mi pistola, ya mi caballo lo compré cuando empecé a trabajar rancheando en elganado"*—

—Por supuesto que también las mujeres sabíamos disparar, mi hermano me enseñó a "blanquear", nos íbamos al corral a tirarle a las botellas que poníamos sobre la barda, pero en ese tiempo, la gente no se escandalizaba cuando escuchaba balazos. Un día, por poco, y mi hermano le da a mi mamá, se le salió un tiro cuando mi mamá estaba acostada en su cama, gracias a Dios, no pasó una desgracia. Me acuerdo que cuando nació mi hijo mayor, mi esposo, que era militar, me dio de regalo flores, chocolates, una muñeca y una pistola escuadra calibre veintidós.

—*"En mi casa no teníamos lujos, pero mi mamá siempre nos trajo limpios, sencillitos, pero honorablemente limpios"*.—

Pobres toda la vida ha habido, pero había una familia que estaba bien rica, eran desperdiciados, hasta tiraban comida y yo era muy chiquito pero me iba a ver que tiraban y va usted a creer que llegué a recoger quesos completos, sin un pedacito cortado, mi papá era tlachiquero y mi mamá hacía tortillas, nombre, nos echábamos unos taquitos de queso con salsa de molcajete bien sabrosos y lo que se había ensuciado de tierra, se lo echábamos a los puercos.—

—La gente siempre ha sido ladina, una señora era bien orgullosa, tenía artos hijos, uno tras otro, tenía un comal hecho con tapadera de tambo y le echaba manteca, luego tortillas y arriba de las tortillas frijolitos con salsa, le decía "gallitos" y le daba de comer a sus hijos, un día la vio su concuña, que también era su comadre, y que vivía al otro lado, y le dijo que ella también les hacía gallitos a sus hijos, la señora luego se enojó y le dijo que les había dado eso por antojo, pero que en su casa diario comían carne, le preguntó que si apoco no escuchaba como tronaba el comal con la carne, y su hija dijo que tronaba porque le aventaba gotitas de agua al comal caliente, que la carne la comían cuando le hacía mole pero que no se llenaban la ropa como el señor que se batía de mole la camisa para que viera la gente que había comido carne y mole.—

—Ellos pensaban casarse, se querían mucho, a mi tía ya la tenían comprometida con un señor viudo pero influyente y con dinero, y el dinero que ella iba a heredar no podía quedar en manos de un desconocido, entonces no se volvió a ver al enamorado de mi tía, dicen que lo encontraron en las vías del tren, bien amarrado y asustado, por eso ya no regresó, pero no se podía permitir ver casada a mi tía con alguien que no querían sus padres.—

—Al patrón se le había perdido una vaca y le echó la culpa al otro trabajador, pero él decía que no se había robado nada, el patrón no le creyó y amarró una cuerda a un árbol, no hubiera hecho eso el patrón porque desde ese día se murió en vida, ya no volvió a salir de su casa porque el hermano del trabajador se sentía que debía defender su honor, y se lo traía frito, echándole el ojo, se ponía su sombrero y su jorongo y se paraba en la esquina de la casa del patrón y el patrón pensaba que estaba allí, cuidándolo para desquitarse.—

—Un día, ya habían apagado la planta de luz, en tiempos de celebración patronal, un vendedor se encontraba en su puesto, un muchacho agarró una bebida, el dueño le exigió que agarrara una bebida diferente, ya que es la marca que lo patrocinaba, el muchacho senegó, y de repente, se oyó un disparo que cayó en el filo de la puerta y se desvió a la pierna de un habitante que se encontraba en el puesto, el muchacho, sin haber disparado, durante mucho tiempoestuvo pagando el sanatorio, las curaciones, la recuperación y la indemnización del señor, hasta que un día declaró un testigo que el que había disparado, había sido el compadre del vendedor, quien años atrás había sido ofendido y agraviado a su hija.—

—Dicen que ese señor empezó a usar un paliacate en el cuello desde quese encontró con un "aparecido". Un día se metió a la iglesia y sacó su pistola echando tiro a una imagen, desde ese día, ese señor seguía siendo respetuoso con todos los del pueblo, pero comenzó a vestirse con el pantalón metido en los botines, un sombrero bien puntiagudo y un paliacate en el cuello, se echaba su cigarro con los parientes y vivía solo.—

Dentro del concepto de honor, han existido varones de los que se dan referencias positivas debido al comportamiento y las cualidades que les caracterizan por hacer algo diferente o por las expresiones emitidas que los vuelve personajes señeros recordados por sus dichos. En este sentido se puede mencionar a algunos habitantes de los que respetuosamente se les nombra por apodo, toda vez que de esta manera se facilita la conexión entre apodo y dicho. Comenzaremos con un personaje (Babo) que cortaba flores de gardenias y jazmín y retiraba los pétalos para preparar esencias que guardaba en frasquitos de muestra de perfumes, no se tiene información si los producía para su comercio o únicamente para obsequiar como se refiere en el dato que se obtiene en los apuntes para la elaboración de esta publicación, por otra parte, este personaje hizo famosa la frase de *"Pa'saberlo"* cuando respondía a una pregunta de la cual no tenía información, éste dicho sigue presente hasta nuestros días pero con un pequeño anexo

"Pa'saberlo, dijo el Babo" y que, de igual manera, se usa para responder cuando se desconoce o se quiere omitir la respuesta. Otras de las expresiones no famosas, pero sí recordadas, son *"Desde la hora en punto que..."* (Mangos), *"Más vale un peso en mi bolsa, que un mal pariente"* (Tino). Otra frase conocida es la que dijera Joaquín Pardavé en una de sus películas *"nanay, nanay"* (Güiso).

DIATRIBA DE PIEDRA

Las religiosas del colegio acostumbraban a hacer kermés, una fiesta al aire libre que tiene como propósito principal el recabar fondos económicos que han de servir para el sostenimiento de alguna institución. En este caso, para obtener fondos en beneficio del colegio de las religiosas, quienes ya estaban por recoger sus mesas, se hallaban apuradas porque ya se había hecho el tercer aviso de apagar la planta alimentadora de luz, una vez que se suspendió el suministro, los soldados pasaban por la calle, ya habían terminado la misión encomendada de apoyar y hacer frente ante a la enfermedad viral de la fiebre aftosa, y se disponían a abandonar la comunidad, el vehículo que los transportaba traía una piedra atorada en el medio de las llantas traseras, con el movimiento de las mismas, salió disparada la piedra lastimando a un habitante sin que los soldados pudieran darse cuenta de lo sucedido, por lo tanto, dieron vuelta a la calle y siguieron su camino. Por una parte se manifiesta que ante los gritos de dos mujeres que dedujeron que habían lastimado mortalmente a su padre, corrieron donde el tío para darle aviso de la tragedia y este señor enseguida se juntó con algunos habitantes para saldar cuentas con los soldados, se dice que desde un principio existió una confusión por los apodos de dos involucrados, uno que realmente fue lastimado con la piedra y otro que sus hijas pensaron había sido ultimado, pero por otra parte, se cuenta que los dos involucrados supuestamente agredidos con la piedra, sea el uno, o sea el otro, sobrevivieron a la tragedia, sin embargo, el tío y un acompañante de él, no sobrevivieron al conflicto.

A continuación, se presentan argumentos de una supuesta calamidad que se considera un tabú del que a pesar que no se afirma la verdadera causa del conflicto, tampoco se declina el hecho de compartir la información, toda vez que se ha obtenido en manera de testimonio oral, de tal suerte que es necesario transigir las ideas del lector, quien tiene el libre albedrío de considerar el siguiente texto como habililla de leyenda o suceso omiso.

¿Quién salió lastimado con la piedra?

—Pues yo bien me acuerdo que no teníamos luz como la que ahora
hay, en aquél entonces había una planta y la apagaban a las diez de
la noche, pero antes de apagarla, nos daban tres avisos, me acuerdo
que decían que ya habían tirado artos animales a la fosa, andábamos
platicando en el jardín chiquito que le dicen, las monjas de la escuela
habían hecho una kermés para juntar dinero y apoyarse, ya andaban
recogiendo sus mesas cuando dieron el tercer aviso que era de dar
un apagoncito, pero de repente unas mujeres gritaban "Mataron a mi
papá" y la gente se empezó a amontonar en la tienda, y las mujeres
seguían gritando, "mataron a mi papá, fueron los soldados", luegui-
to de eso, los hombres se juntaron, casi todos traíamos arma y pos
muchos se fueron a buscar a los culpables, los que no traían pistola,
retrocarga o machetes, traían palos y piedras, se fueron a la salida
del toril para vengar al papá de aquéllas mujeres que gritaban por la
calle, yo no fui porque andaba enfermo de la panza.—

—Después que apagaron la luz, muchos hombres se fueron, allá por
el camino real al Jagüey alcanzaron a los soldados y comenzaron a
disparar a la "máquina militar" que ya se iba, dicen que había una
mujer que estaba por convertirse en madre, quien a los pocos se-
gundos de ser baleada, cayó de lado, a penas y pudo un soldado
sostenerla dentro de la máquina para que no cayera al suelo, y no fue
la única, sabrá Dios cuantos de los que estaban tirados se pudieron
parar, y es que como ya se iban del pueblo los soldados, traían a sus
mujeres en la máquina, unos hasta trían a sus hijos. Se miraba que los
soldados no entendían por qué los estaban agrediendo, pero eso no
fue impedimento para que respondieran con bala y le dieron al señor
que recibió la queja de las mujeres y a un muchacho, esa fue la ven-
ganza de los soldados, allí, donde perecieron había una piedra grande
que ya quitaron desde hace muchos años, pero el árbol allí sigue. -

—Uno fue de mirón, ni siquiera traía fusca, nomás le pasaban las
balas por arriba de la cabeza y los zumbidos eran fuertes, antes no lo

mataron, aunque a uno que estaba junto a él, sí le dieron en la pata
con una máuser y lo dejaron con la pata tiesa de por vida.—

—Sí, estuvo bien feo ese pleito, quien iba pensar que una piedra
iba a traer tanta desgracia, y es que cómo no se iba a poner feo, si el
apedreado era el mismísimo patrón, se trataba del papá de la mujer
que gritaba, y se iban a poner peor las cosas, ya parece que se iban
a quedar quietecitos los federales, decían que hasta querían quemar
el pueblo, nomás porque a un político del Estado intervino y dio una
versión que ni le cuento, pero en la realidad, el implicado principal
que según fue agredido, estaba vivo...—

—No se sabe cuántas bajas hubo en la tripulación de la máquina de
los soldados, a parte de la mujer embarazada, pero los soldados dieron muerte a dos hombres y dejaron a otro habitante con una pierna
rígida para siempre, fue a causa de la pedrada que se armó la bronca,
pero poco se habla de eso, es que el señor, que era el jefe, sí era buena gente, la gente lo quería mucho y por eso se juntó para desquitarse
de los soldados, han de haber pensado que sí había pasado lo que
decían sus hijas con sus gritos.—

—Eso de que le dieron el balazo con la máuser al que quedó con el
pie tieso, es puro chisme, la verdad es que la piedra que aventó la
máquina le cayó a ese señor cuando caminaba, y cayó al suelo, un
muchacho que pasaba por allí lo ayudó a levantarse y llegando a su
casa le contó a su mamá, la señora le preguntó a una muchacha que
si estaba bien su papá y la muchacha al no ver a su papá en su casa,
corrió junto con su hermana a avisar que los soldados habían matado
a su papá. La confusión se dio porque el señor que recibió el golpe
de la piedra en el pie y el papá de las muchachas desesperadas les
apodaban casi igual, solo cambiaba la "pe" del primer señor por la
"que" del segundo señor en el final de las palabras, yo pienso que la
señora oyó mal, la demás gente se molestó y por eso se dieron con
los soldados.—

—En el camino que siguieron los soldados, en ese mismo camino los alcanzaron los hombres del pueblo y se daban de balas de lado a lado, el señor que le dieron la queja quedó tirado en un peñasquito y como a cuatro pasos, el muchacho, los militares no perdieron tiempo y se fueron, ya después de ese peñasquito los recogieron.—

EL ROL DE LA MUJER

En el ámbito de la educación, donde el hombre era visto como dominante en las profesiones y oficios, acertadamente, y rompiendo esquemas, una mujer (Sarita) fungió como maestra de los párvulos del pueblo, la primera escuela primaria se encontraba en la calle que queda detrás de la "iglesia chiquita" no incorporada, los educandos asistían de lunes a viernes de 9:00 a 12:00 y de 3:00 a 5:00, así mismo, el colegio de las religiosas, "las madres", allí en el baratillo, tampoco estaba incorporada, era de mujeres, fungió como directora la madre María Isabel, y las hermanas en la fe, Diluvina, Silvia y Carmelita, ya después se fundó la escuela "Julián Velázquez" y hasta la fecha, da enseñanza pública oficial. Así mismo, se reconoce la labor docente de otra maestra (Lucha) que ha compartido sus conocimientos por medio de su vocación.

Las mujeres han ocupado un espacio muy importante y significativo en el pueblo, han sido mujeres aguantadoras, damas de hogar que enseñaron los valores con el ejemplo, dedicadas al cien por ciento al cuidado de los hijos, el esposo, y el hogar entero, es imprescindible reconocer que buena parte del crecimiento económico y del respeto hacia los semejantes, vienen de la buena crianza, resultado del proceso de formación en los valores y la motivación constante en busca del éxito de sus hijos.

Durante la época colonial a la mujer indígena se le asignaban las labores domésticas, recordemos que la posición social se regía en base a una pirámide de jerarquías en la que los indígenas ocupaban los cargos de servir a los patrones, con el paso del tiempo, esta disposición tomó carácter de oficio, es decir, aun cuando la posición económica no puede suprimirse porque se considera que ese es el elemento inicial que impulsa a la mujer para obtener recurso monetario, también habrá de hacerse la aclaración que ya no es estrictamente el único cargo que pueda ocupar la mujer indígena o no indígena de escasos recursos, o que carezca de alfabetismo, con el desarrollo industrial la mujer ocupa otros espacios de trabajo, sin embargo, la mano de la mujer en las labores del hogar siempre es imprescindible, y a las empleadas domésticas se les reconoce que, bajo su desempeño en el cuidado de la casa y los hijos, se vuelven parte de la familia.

Es sustancial considerar que, posiblemente, la primer mujer que hizo servicio en la comunidad, fue quien asistió como partera (Celidonia), comadrona del pueblo, en el entendido que originalmente, no había doctores, algunos las conocían como doulas, en aquél entonces, no había clínicas, ni hospitales, entonces, las mujeres se "aliviaban" en sus casas y eran ayudadas por la partera quien en cuclillas, y ayudada por mantas limpias y agua tibia, recibía al nuevo integrante de la familia y quien era sumergido en baños de flor silvestre de achicoria amarilla, para limpiar eficazmente la piel del recién nacido, ya que esta flor preparada en agua tibia, tiene propiedades astringentes.

Así mismo, la mujer recién "aliviada", debía guardar reposo durante la cuarentena de recuperación, muchas mujeres acostumbraban a no bañarse para que los órganos volvieran íntegramente a su lugar original, tampoco podían salir de la recámara para evitar los retortijones, el caldo de gallina, preparado por la mamá, la hermana, la parienta, e incluso las buenas vecinas, era el alimento que no podía faltar para la buena recuperación de la recién parida. Pasado el tiempo, algunas mujeres del pueblo, (Librada, Juanita, María de Jesús, Socorro) fueron instruidas por un doctor (Manuel) en la disciplina de la enfermería, comenzando con la enseñanza de inyectar, para lo cual se requería obviamente de una jeringa con aguja, agua, y una naranja, con el agua introducida en la jeringa se aprendía a leer los mililitros que significaban la dosis a inyectar, y con la naranja se practicaba la introducción de la aguja, no sin antes limpiar el área con un algodón mojado en alcohol, eso sí, la jeringa era grande de vidrio y se hervía antes de guardarse en el estuche metálico. U n a vez adquirido el conocimiento, las educandas tomaban el peso de los niños, algunos lucían regordetes pero su peso corporal era muy bajo, unos cuantos incluso con desnutrición a lo que el médico les daba tratamiento.

Yo vivía en la Ciudad de México pero mi esposo me trajo al pueblo unas semanas antes de que naciera mi primer hijo, estuve en la casa de mis padres, en ese tiempo todos los habitantes nos conocíamos, mujeres solteras y casadas vinieron a verme a mí, y a conocer a mi hijo, recuerdo con mucho cariño a una familia muy bonita, una de ellas (Carmen), vino a verme y me trajo de regalo una gallina, era una mujer extraordinariamente generosa, y me dijo que seguramente la señora (Silveria) que nos ayudaba en la casa, sabía preparar un delicioso caldo, que ella sabría dar el sazón al que yo estaba acostumbrada, en ese momento llegó mi esposo, saludó, y me dio de regalo unos chocolates, una guitarra, una muñeca de carnaza y una pistola escuadra calibre veintidós, le dijo a mis visitas que no se asustaran, que echaría dos tiros al aire porque estaba muy contento con el nacimiento de mi hijo, se fue al traspatio y se oyeron los disparos.

Enteramente, las mujeres estaban educadas para atender el hogar, realizaban labores cómo lavar la ropa, generalmente lo hacían sobre una piedra grande donde fregaban las prendas echando jabón de barra o cenizas y enjuagando con agua. Una vez limpia la ropa, seguía alisarla con planchas de hierro, algunas tenían un compartimento donde se ponía el carbón caliente, y otras previamente calentadas sobre el fogón, en ocasiones, almidonaban piezas del ropaje. Las recámaras debían ser arregladas desde el momento que se levantaban, ¡hay de aquél hijo o hija que pidiera permiso de salir, sin antes haber tendido su cama! Había mujeres que estiraban fuertemente las sábanas para que al doblarlas, no guardaran arrugas, las fundas, tenían que ser planchadas. La limpieza de la cocina y el baño eran fundamentales, en la cocina, los trastes como ollas y cazuelas de barro o peltre , se guardaban en trinches y los platos, vasos y platos de vidrio o barro, en trasteros manufacturados en madera, se tenía la comida en tiempo, se guisaba en leña, fogones, estufas de petróleo, y más adelante, en estufas de gas, lo mismo una casa modesta que una casa acomodada, la limpieza y el orden, era una característica que tenía la mujer bien educada. Respecto a los hijos, antes no eran tan respondones, tenían prohibido meterse en las pláticas de los adultos, nomás con la mirada entendían que tenían que "ir a ver si ya había puesto la marrana". (Expresión coloquial)

El altruismo generativo es una cualidad digna de exponerse, a propósito de esto, una señora (Blandina) se distinguió por dar hogar a otra mujer y a su hijo, ellos se encontraban en situación de calle, y como si no fuera suficiente, ambos con afectaciones neurológicas. Más adelante, recibió en su morada a un recién nacido quien también, presentaba daño neurológico.

Otro caso de altruismo se manifiesta durante los meses de octubre de cada año, Adela, sale a tocar las puertas de las casas para preguntar si quieren que se anote el nombre de sus muertitos para que se pida en misa de difuntos por el eterno descanso de sus almas, es que ella dice que se tiene que hacer oración para que las ánimas salgan del purgatorio, por eso anota los nombres, y le entrega las listas al párroco, quien en modo general oficia la misa pero con la lista sobre el altar.

Desafortunadamente, esta localidad no ha sido exenta de presentar sucesos relacionados al tema de adicciones, en este sentido, es importante clarificar que la bebida extraída del maguey, conocida como pulque, formaba parte de la dieta en la alimentación de los antepasados, lo que conllevó a hacer una costumbre a la ingesta de ese líquido viscoso. Por otra parte, era común escuchar que quien tomaba agua miel, crecía sano y chapeado.

—Había una señora que tenía sus hijos, pero ella agarró el vicio de la "tomadera", andaba caminando por las calles bien borrachita, decían que se había hecho así porque desde chiquita le daban de tomar pulque en vez de tomar agua, otros decían que porque se había muerto su esposo y no pudo sobreponerse.—

En el ámbito cultural, es de buen ser humano agradecer la intervención de la maestra (Margarita) para usar las instalaciones de lo que antiguamente fue secundaria, después preparatoria, para finalmente, fundar la casa de la cultura municipal donde se dan talleres que permiten desarrollar las habilidades artísticas de los educandos, no obstante, la maestra no es originaria natal de esta población, sin embargo, es una distinguida precursora en la consecución de la cultura local.

—No fue nada fácil, parecía que los funcionarios no tenían el mínimo interés en que los habitantes tuvieran una casa de cultura en el pueblo, de hecho, la idea que tenían era destinar las instalaciones para el resguardo de documentos, es decir, harían un archivo en el edificio.—

—Lo justo es que, si ella estuvo picando piedra para lograr sus propósitos, en beneficio de nuestros jóvenes, pues una manera de corresponderle era ponerle su nombre a la casa de cultura, cuando pusimos esa idea sobre la mesa, la mayoría estuvimos de acuerdo, pero también hubo a quien no le pareció, tal vez porque ella no nació aquí, pero de todos modos hasta el día de hoy, lleva su nombre, esperemos que las administraciones venideras sepan reconocer su trabajo.—

—Era una madrastra buena, mandó a la niña por atole, la niña caminaba a paso corto, se hacía tonta para hacer enojar a la madrastra, pasó por la iglesia chiquita, se metió porque la iba siguiendo un catrín, en la entrada el catrín le dijo que ya no hiciera repelar a su madrastra y cuando la niña volteó, ya había desaparecido el catrín, desde ese día la niña ya no hizo repelar a su madrastra.—

—Una señora seguía siendo ama de casa, vivía en la misma casa que su esposo pero vivían como desconocidos, es que él iba a una casa a jugar baraja, y la gente empezó a decir que andaba con la señora de esa casa, y desde ese entonces la tía se mudó de cuarto, preparaba su comida y seguía atendiendo a su esposo, le tenía limpia su ropa, pero jamás volvió a salir con él a la calle, ella decía que no se iba de su casa porque ella podía caminar con la frente en alto en la calle, y que dentro de su casa caminaba sin cuernos, porque el hombre que allí habitaba aunque fuera esposo por las tres leyes (civil, iglesia, y pentonta), era de la otra.—

La mujer de antaño era educada bajo una estricta disciplina, la obediencia era un elemento esencial que, como buena hija de Dios, debía cumplir sin respingar, se dice que mucho tiempo atrás algunos padres decidían con quien casar a sus hijas, y para tomar esas determinaciones analizaban situaciones económicas, conductas y hasta la prosecución del linaje consanguíneo, ese es un tema local muy significativo, toda vez que los matrimonios de tercer y cuarto grado de parentesco por consanguinidad son muy comunes, de tal manera que algunos de los matrimonios se efectuaban en modo de pacto por conveniencia de ambas partes, sin importar la edad, la atracción física o siquiera tener algún gusto en común entre los comprometidos, y mucho menos que la mujer ya hubiera puesto sus ojos en algún caballero antes de que sus padres le arreglaran el matrimonio. Por otra parte, en algunos supuestos casos, también existió el hombre que le "echaba el ojo" a alguna doncella y se sentía con la libertad de "robarla", solo era cuestión de encontrarla por las calles y subirla a su caballo para después convertirla en su esposa, a quien no le quedaba de otra más, que aceptar su cruz ante la deshonra involuntaria. Así mismo, algunos padres referían no estar de acuerdo que sus hijas se casaran con fuereños o desconocidos, como sea, siendo del pueblo, todos se conocían sus mañas y sus virtudes, de tal suerte que no era necesario confrontar al pretendiente, bastaban con encerrar a la hija y no hacerle llegar las cartas que el cortejador le enviaba. Sin embargo, es muy común escuchar que, a pesar de haberse llevado a cabo matrimonios sin amor, con el tiempo, en algunas parejas, llegó el cariño y ya con los hijos, obtuvieron la convivencia de una cimentada y buena familia. No obstante, también se dice que hubo mujeres que jamás lograrían superar la imposición proveniente de los padres, volviéndose mujeres melancólicas, pero siempre obedientes. Lo importante a resaltar en este contenido es que la mujer fue obediente a sus padres, y bajo la trillada frase de "es por tu bien", la mujer aceptaba la imposición de ellos, pero sin dejar de pensar en cómo pudo ser su vida de haberse casado con el caballero que le atrajo físicamente y que incluso, llegó a sentir amor por él, más aun, cuando esa atracción y amor fueron correspondidos.

—Ella no estaba segura de aceptar al caballero, le doblaba la edad, cosa que era totalmente irrelevante para la mamá de ella, quien veía a un hombre maduro, educado y de valores, aun cuando no era del pueblo, cuando la mamá se enteró de las pretensiones del caballero, se puso muy contenta, segura estaba que él era lo mejor para su hija, superando considerablemente al novio que tenía en ese momento y que también era foráneo pero que veía como mal prospecto al ser un hombre muy atractivo del que seguramente no le faltaría la coquetería de algunas mujeres y que en algún momento, él cayera en la tentación. De tal manera que la mamá permitió las conversaciones del caballero con su hija, mientras que se oponía a los encuentros con el novio a quien vio únicamente en unas siete ocasiones, sin embargo, él nunca dejó de decirle que la amaba por medio de las canciones en las serenatas constantes. Ella se sentía incómoda y decidió ser sincera con el novio, le escribió una carta donde con mucho pesar, le decía que no seguirían más. Por otro lado, ante el consejo de la madre, aceptó al caballero como novio, después de todo, lo veía con mucha personalidad, pero el caballero iba de prisa, tenía las intenciones de contraer matrimonio y un día llegó sin avisar a la casa de la joven, venía acompañado del sacerdote del pueblo y de unos familiares para pedir su mano, la mujer no aceptó, no consideró correcto que se tomara una decisión sin antes haberla platicado. Meses después platicaron y se pusieron de acuerdo para casarse, cuando llegó el gran día, se escuchaba que un joven se tiraría desde el campanario de la iglesia, se dice que el hermano del novio lo tuvo en vigilia desde que vio que entró por la puerta pequeña que se encuentra del lado izquierdo de la entrada a la iglesia chiquita. Los novios no se enteraron de lo que pasaba afuera, afortunadamente el joven no cumplió la promesa que le hizo a la joven en respuesta a la carta de terminar con él, donde le puntualizó firmemente que ese día, él se tiraría desde el campanario.—

El siguiente texto es un contenido que se expone a manera de percibir otra forma de ver, sentir y vivir la vida como mujer y que movida por amor, gusto o conveniencia vive su propia vida, la cual, no es incumbencia de nadie, no obstante, se menciona por existir consecuencias en las decisiones tomadas, y por otro lado, comprender que los comportamientos y conductas no son meramente resultados de los tiempos, es decir, antes, ahora y después, la mujer vivió, vive y vivirá como mejor le parezca, siempre y cuando no se someta a la voluntad de alguien más, o por seguir los principios morales que le hayan sido inculcados bajo presión obligada. Recordemos que si bien es cierto en la actualidad se han incrementado los casos de familias monoparentales, también es cierto que en el pasado ya se daban estas situaciones. Así mismo, ha habido mujeres que, pese a su voluntad y resistencia, han sido vulneradas convirtiéndose en madres abnegadas. Ahora bien, como cualquier plática de pueblo, las versiones contienen un toque de leyenda y el siguiente relato puede no ser la excepción.

—La señora tenía su esposo pero se encontraba con mi papá, mi papá siempre le negó a mi mamá que andaba con la señora casada y cuando mi papá se murió, la señora era dueña de la casa de la esquina que era de mi papá, entonces su esposo la dejó, pero luego anduvo con otro señor y decían que la llegaron a ver en la madrugada caminando por la calle, que un señor le preguntó que hacía tan tarde, que si se le ofrecía algo y ella dijo que andaba buscando a sus hijos, cuando el señor fue a ver si el hijo de la señora estaba en su casa, se llevó el susto de su vida porque la que le abrió la puerta fue la misma señora, de allí empezó la leyenda de que andaba penando en vida porque había malogrado criaturas con sentones y bebedizos.—

—Era un muchacho de unos medios años y vendía paletas, cuando pasaba por la casa de una señora que le doblaba la edad, ella decía: "Me he de chupar ese mango" y el muchacho se emocionaba porque a pesar que la mujer no era extremadamente guapa, le caracterizaba su seguridad, entonces, él la veía atractiva, interesante e imponente cuando la veía cabalgar a gran paso. Con el pretexto de la paleta de mango, comenzaron su aventura de amor y se casaron, tuvieron dos hijos varones, gemelitos, la señora puso por nombre a uno de los gemelos como su esposo finado y al otro gemelo como su esposo en turno y padre de los niños, desafortunadamente los bebés murieron a pocos días de nacidos a causa de la pulmonía. El señor sufrió demasiado por la muerte de sus hijos y se concentró al trabajo del rancho, el ganado y la siembra marchaban de maravilla, pero un cuartillo de frijol terminaría con el matrimonio cuando el señor se tomó la libertad de dar sin pago monetario un cuartillo de frijol que regaló a un necesitado. El reclamo fue tan grande, que el señor decidió dejar la casa después que la señora lo llamó "mantenido", y que él le dijera que trabajaba de sol a sol en el rancho y sin recibir pago porque él se meneaba por amor, no por frijoles. Se dice que, durante mucho tiempo, la señora fue a buscarlo, vociferaba que prefería verlo muerto que verlo en poder ajeno, la sobrina del señor salió cuando escuchó que tocaron la puerta y enseguida la mujer le dijo que se metiera porque se acababa de aliviar. El señor la evitó y fue hasta el día que ella estaba agonizando que mandó a buscarlo, los hijos de la señora estaban de acuerdo y él aceptó, llegó a la morada de la señora, una vecina le tapaba el paso hacia la habitación, lo corrió, pero él zigzagueó hasta que por fin, pudo entrar a la recámara, la vio acostada, le tomó la mano y con lágrimas en los ojos, le dijo que nunca había dejado de amarla, ella le pidió perdón, le apretó la mano y enseguida, suspiró, mientras que él le guardó la promesa de amarla y respetarla cumpliéndola sin flaquear hasta el último día de su vida.-

—Ella era una mujer que sin platicar con ella, cualquiera se daba cuenta que estaba enojada, decían que de joven era muy bonita, su familia era muy conservadora y ella tenía sus principios morales bien arraigados, su comportamiento era intachable, pero se rumoraba en el pueblo que un señor casado estaba empecinado por conquistarla, montado en su caballo, le salía al paso y le echaba piropos y versos, ella prefirió no salir más, sentía miedo que algún día este hombre se la llevara por la fuerza, la pobre mujer no pudo contarle a nadie de su familia de lo que estaba pasando, no quería comprometer a su padre ni a sus hermanos, pues se decía que ese señor, además de ser mujeriego, era de armas tomar. El señor seguía pasando por la casa de ella y al no verla más, mandó a una auxiliadora de él a la casa de la joven para que le invitara galletas, ella recibió a la cómplice del señor y entre la plática, ni ella misma recordaba cuantas galletas se había comido. Conforme pasaron los días, la auxiliadora del señor visitaba a la joven y siempre llevaba galletas para amenizar la plática, sin embargo, la visitante no comía porque decía estar a dieta, pero la joven disfrutaba de su visita y poco a poco se fue acostumbrado a escuchar que el señor la quería bien, que estaba seguro de que algún día, ella se daría cuenta del gran amor que le tenía y que sin duda alguna, también le correspondería. Por descabellado que parezca, la joven

comenzó a sentir interés por aquel hombre y terminó por aceptar
la relación en calidad de concubina y tuvieron dos hijas que fueron
reconocidas legalmente como hijas del señor. Sin embargo, se dice
que en cuanto la señora dejó de comer las galletas que le llevaba la
"amiga", se dio cuenta que había cometido el error más grande de su
vida, quería a sus hijas pero se encontraba confundida, no entendía
en qué momento decidió "doblar las manitas", su confusión y arre-
pentimiento eran tan grandes que poco a poco se fue convirtiendo
en una mujer gris y amargada hasta cierto punto, porque el papel de
madre lo realizó con dedicación y amor. Cuenta la leyenda que las
galletas contenían una pócima con la que se minimiza la voluntad de
quien la ingiere y que ese fue el motivo por el cual ella tomó decisiones que le pesarían el resto de su vida.—

EL BORDO RESERVORIO DE AGUA

El agua la obtenían de un bordo donde se acumulaba el agua de lluvia, el agua entraba por un espacio que le nombraban "la era", contaba con dos accesos de subida y bajada, los encargados de sacar el líquido eran los aguadores (Eulogio, Ezequiel, Francisco) , llevaban cargando un palo sobre sus hombros y del palo colgaba un bote de cada lado, llenaban los botes de agua y hacían las entregas a domicilio, lo mismo recibían en pago del patrón, que del trabajador, de tal manera que había equidad en el suministro. Alrededor del bordo, había unos árboles frondosos, las muchachas "daban la vuelta", y se encontraban allí con sus pretendientes. El bordo era un espacio muy representativo del pueblo, los domingos llegaba gente de fuera, se dice que muchas de las fotografías que existieron del bordo, las tomó un forastero que venía al baile del 16 de septiembre en el auditorio, se cuenta que solamente conservó unas cuatro fotografías porque las demás eran donde estaba con una mujer de la que estaba enamorado, y con quien por aras del destino, no se casó, paralelamente, una joven cayó al bordo accidentalmente perdiendo la vida. El bordo fue derribado después de mucho tiempo de que se implementaron los conductos transportadores de agua (tubería), generando el descontento de muchos pobladores, pero la alegría de vecinos al bordo, a razón de terminar de una vez por todas, el problema de insalubridad que vivían a causa de los vendedores no fijos, estos comerciantes usaban de baño la calle por donde estaban los escalones que conducían a la subida y bajada del bordo.

—Esa mujer estaba adelantada a su época, se oía decir que en las nochesse ponía su jorongo y un gran sombrero y se encontraba con su enamorado en los escalones del bordo, ella pensaba que no se daban cuenta que era ella, pero su figura, la delataba, el problema mayor era que la enamorada, estaba casada, cuando enviudó, contrajo segundas nupcias con su enamorado secreto.—

—Había mucha diarrea en esa época, y cómo no, si por un lado había mujeres lavando la ropa y por otro lado sacábamos agua con cubetas, esa agua la usábamos para tomar, había veces que de tanto mosquito que traía el agua, la teníamos que colar en una manta.—

—El problema mayor es que había muchas enfermedades de diarrea, nose hervía el agua que sacaban del bordo y así se la tomaban, no más se soplaba de aire con la boca para separar los mosquitos y la basurilla.—

—Cuando llegaron las máquinas para derribar el bordo, unos habitantes del pueblo se dieron cuenta que los operadores de las máquinas no podían tirar los árboles, entonces uno de los habitantes (José) se acercó a una máquina y le dijo al operador que se bajara, luego agarró las palancas y empezó a tirar los árboles, más tardó en subirse que en hacer lo que los otros no podían, es que así son los de aquí, se la saben todas.—

Una vez derribado el bordo, en su lugar, se construyó la parroquia en honor a la Virgen de Guadalupe en el ahora llamado "jardín grande", cabe mencionar que los pobladores, ya ejercían culto en la "iglesia chiquita", siendo ésta, la primera edificación católica de la comunidad central, en consecuencia, la gente se reunía para hacer sus compras de mercado, los vendedores ponían sus puestos sobre la calle de la iglesia, había también un kiosco y bancas de concreto forradas de recortes de cerámica, como de platos, como decían. Algunos hombres sabían cantar, y cantaban muy bien, las serenatas eran la máxima expresión del romanticismo, dedicar una canción a la mujer que pasaba por el jardín, o cantar bajo su ventana, era la manera de conquistar el corazón de la dama.

—Mi tío era el albañil que construyó la iglesia grande, nadie se atrevía a construir la torre pero él era atrevido y le tenía mucha fe a la Virgen de Guadalupe, lo malo que cuando se hace algo importante como la mano que construye algo grande, nunca se menciona a quien lo hace, pero sí dicen que es gracias al gobierno de quien sabe quién, cuandolo único que hacen es decir que sí.—

—*"La Virgen de Guadalupe la mandaron traer de la capital, la donó una señora, la gente se puso bien contenta porque ya tenía a nuestra madre santísima cerquita".—*

—*"Hay una tumba en la iglesia chiquita, decían que está enterrado el señor que llegó de fueras cuando el pueblo todavía se llamaba Corral Blanco"—*

—Nos íbamos a dar la vuelta al jardín, los vestidos que usábamos eran bien ajustados a la cintura, el cinturón siempre debíamos traerlo para que no creciera la panza, usábamos unos tacones de aguja, eran picuditos pero qué bien se sentía cuando caminábamos, los vestidos llegaban a la rodilla entonces se podía ver bien como se marcaba el chamorro al caminar, y los vestidos eran hamponcitos pero también pegaditos, se usaban de los dos, yo no recuerdo haber visto a alguna mujer que usara pantalón, ni siquiera para montar el caballo, cuando nos subíamos al caballo montábamos a sentadillas, con las dos piernas al mismo lado.—

La primera llave de agua fue colocada en el barrio de Santa Elena, atrás de la primaria, entonces, la gente apartaba sus lugares con una fila de cubetas para respetar los turnos.

—Cuando fuimos a sacar agua de la llave, mi compañera y yo vimos una sombra como de perro, pero más grande, nos asustamos tanto, que nos regresamos a la casa, ese día no obtuvimos agua, al otro día se corrió la voz que habían agarrado una pantera, luego pensamos que esa sombra era de la pantera que se andaba acercando.—

—Se le vendía el maíz a una señora (Juanita) que venía de Cadereyta, decían que ella acaparaba todo el maíz de la región, y por eso estaba

más caro, porque a ella se le vendía, pero era la única que lo reven-
día. Se dio una confusión cuando se supo que andaba unapantera en
el pueblo y antes de meterse a una casa para recoger el maíz, en la
calle, a la señora le estaban reclamando dos mujeresporque era muy
pesado el trabajo de desgranar las mazorcas de maíz en la olotera,
como para que la acaparadora lo mal pagara, se dijeron de palabras y
la engancharon entre las dos mujeres. De allí se agarróla gente para
andar diciendo que dos mujeres habían atrapado a una pantera.—

—Antes del bordo, ya se acumulaba agua de lluvia allí en la presa,
esa agua se usaba para todo, hasta para tomar, ya cuando pasaron los
años, nos pusieron llaves de agua en las casas, pero la presa seguía
acaparando agua, y no faltó quien por gusto quiso nadar, o quien
se cayó por accidente y ya no pudo salir, pero también en el bordo
decían que se había ahogado una señorita.-

—*"Acababan de jugar un partido de football, y se dieron cuenta que
unseñor se estaba ahogando, un jugador se metió a ayudarlo pero se
ahogó también, después se supo que el señor era un albañil que trató
de ayudar a un niño que se había caído a la presa"*.—

TRADICIONES, RECREACIONES

Con la invasión de los españoles a México, se adoptaron creencias, costumbres y tradiciones en los pobladores. En lo que respecta a la fe, las amas de casa creyentes llevan a las niñas y niños a cortar las llamadas flores de mayo para darlas de ofrenda a la virgen del Carmen y a la virgen de Guadalupe, una de las características principales es que los niños deben ir vestidos de color blanco, hacer una fila y hacer acto de reverencia frente a la imagen, estas acciones se realizan cada mes de mayo.

Por otra parte, dentro de las tradiciones encontramos la tauromaquia, [22]la primera corrida de toros fue la realizada en 1526 para celebrar el retorno de Hernán Cortés de las Hibueras, y a partir de 1529. Lidiar con el toro, es un espacio de entretenimiento y diversión para los actores y los espectadores, quienes gustan de este tipo de celebraciones festivas, en este sentido, una de las corridas de charlotes o charlotada, se vuelve un evento atractivo para la población, es la manera "chusca" de continuar con el festejo de sabor "amargo" que puede quedar en algunos espectadores después de presenciar que el torero, diestro o espada, realiza la faena con la muleta, hace cortes de orejas y rabo para finalmente, declarar su superioridad en valor y fuerza al darle muerte al toro.

En las fiestas patronales del pueblo se recibía a un torero que ofrecía las banderillas, aviadores o alegradores a la dama que le resultaba digna de recibirlas por la belleza que, a ella, le caracterizaba.

Por otro lado, la charlotada usualmente se celebra a la fecha, en fin de semana, y tiene como característica primordial que los participantes sean hombres (Abel, Alberto, Enrique, Francisco, Ismael, José Guadalupe, Joaquín) (Alfredo, Carlos, David, Donato, Fernando, Miguel, Salomón), jóvenes

---

22 Medina Hernández, A., & Rivas Cetina, F. J. (2010). Las corridas de toros en los pueblos mayas orientales. Una aproximación etnográfica. *Estudios de cultura maya*, 35, 131-162

vestidos de mujeres extravagantes, utilizan rellenos para simular tener un cuerpo femenino, usan maquillajes, pelucas y se contonean al andar. Estos actores, realizan la faena jugueteando con el novillo, lo provocan jalándole la cola para que los siga, hay quienes logran la hazaña al subirse al novillo o vaquilla utilizados para la celebración.

—En la fiesta estaba una Manola chamorruda, con su peineta y la boca bien colorada, una señora con su mandil y su falda, su lunar en el cachete pero con los calcetines puestos en sus botines, la otra chamaca estaba muy flaca y larga, tanto que parecía escoba, así fue la primera vez que hubo una charlotada, a unos les fue mal con los padres en la casa, por andar haciendo "mariconadas" pero la divertida que se dio todo mundo valió la pena, música, bebida y diversión entre toritos y caballos, eso es lo que se disfrutaba.—

—Teníamos que andar "pedos" para agarrar valor, y que se nos quitarala pena, a mí me decían que era igualito a mi hermana, eso no le gustónada a ella porque a cada rato le decía a mi papá que por mi culpa la andaban bromeando en la calle, que le decían que se veía bien chula caminando coqueta por la calle. -

—*"A nosotros ya nos tocó hacer la charlotada subidos en carros y en remolques, primero desfilábamos y le aventábamos besos a los señores que estaban con su mujer, nada más les daba risa".*—

—*"El tráiler (Hitler) se llenaba de brujas, diablos, monstruos, lloronas,Freddy Krueger, y muchos más personajes en la celebración de halloween" Pero también de Adelitas, charros, campesinos y políticos en la celebración de la Revolución"*—

Las celebraciones son más agradables cuando están acompañadas de música, la música por su parte comenzó con los sonidos generados por instrumentos elaborados de hueso de animal, maderos pequeños o bambú con orificios, además, se manufacturaban piezas de barro con dos orificios, estos instrumentos funcionaban al soltar aire por la boca y enseguida se producía el sonido, a este tipo de instrumento musical de viento, se les conoce como flautas. Los instrumentos de percusión se producían mediante el golpeteo de un trozo de madera sobre cilindros fabricados con pieles de animales. Posteriormente, la música tenía tintes extranjeros, esto debido a la colonización, en este sentido, en la demarcación, se escuchaban cantar canciones de música sacra, por otra parte, con el imperialismo, se puso de moda el vals, sin embargo, en esta indagatoria, no se encontró testimonio que existiera algún fonógrafo para escuchar ese tipo de música, y en correspondencia a esta zona. Cabe destacar que [23] en la capital del Estado, un entusiasta radioaficionado, logró establecer las dos primeras estaciones comerciales de radio, esto sucedió a fines de los años cuarenta. A partir de este momento, los habitantes que poseían un aparato de radio en su hogar consiguieron escuchar, además de comerciales, radionovelas, música regional mexicana, e incluso, la voz de conocidos residentes que en ocasiones dedicaban alguna canción a la enamorada que atenta los escuchaba. Otros más, cantaban por las calles del pueblo con la banda, el mariachi o trio, caminando detrás de ellos, estos agregados, hacían acompañamiento musical, realizaban la segunda voz, como coro de voces.

Música

El silbido es un sonido agudo que se produce con la expulsión de aire por los labios ligeramente abiertos, si bien es cierto no todos tienen la habilidad de silbar, también es cierto que hay quienes tienen una facilidad de hacerlo de manera sencilla, generando de igual manera sonidos suaves como fuertes, y si a esto le agregamos que existen personas (Agustín, Rodolfo) ingeniosas capaces de producir sonidos de canciones sin utilizar la voz, es decir, el instrumento musical con el que consiguen la entonación musical, es adquirido de un árbol de trueno o de árbol limonero, una sola hoja basta para que la coloquen entre sus dedos y con un ligero encorve, la lleven a la boca para que mediante la expulsión de aire se produzca el sonido de canciones regionales. En esta

---

23 Fortson Blanco, James Robert (1987). «Ramón Rodríguez Familiar». *Los Gobernantes de Querétaro historia:(1823-1987)*. México D. F.: J. R. Fortson y Cía., 1987. p. 204.

misma línea de sonidos producidos por el aire expulsado por la boca y que se les conoce como instrumentos de viento, se encuentra la armónica o dulzaina, es un instrumento antiguo y muy popular en los tiempos de la revolución, que, al tocarla, genera una frecuencia acústica que suena como las mismísimas canciones de la rebelión y corridos de la época. Algunos habitantes (Alfonso, Filemón, José) sabían tocarla tan bien, que se les pedía tocaran otras más.

—El señor (Alfonso), el segundo esposo de la patrona, nos daba un tiempecito para comer, mi mujer venía a servirme al rancho, ponía su leña y comal para calentar las tortillas que ella misma hacía, y a veces le invitaba un taco al señor, se veía que se lo comía bien sabroso, había veces que el señor no comía por ponerse a tocar la armónica, se echaba unas canciones de la revolución y algunos trabajadores nos poníamos a cantar.—

—Había unos hombres que cantaban tan bien, que hasta en la radio sonaban, otros más (Enrique), traían sus músicos atrás de ellos y les cantaban a las muchachas que se asomaban por la ventana, en ese tiempo se llevaba bien toda la gente. También había dos hermanos (Juan, Faustino), uno cantaba como artista y el otro parecía que hacía hablar la guitarra. Esa época de las serenatas fue la más hermosa de todas y la convivencia era de vernos todos como familia.—

—*"Ya teníamos mariachi desde antes, pero ya no me acuerdo de los nombres, solo del apodo (Camarón), nada más me acuerdo de que cuando los veía cantar, andaban de color negro"*.—

—*"Puros jóvenes en el primer grupo musical (Antonio, Armando, Cruz, Francisco, Generoso, Joaquina, Lucino)"*—

—Fíjese que la mayoría de esa familia tienen buena voz, desde la señoracatequista (Rosalía), la prima de ella (Joaquina), que estuvo en el primer grupo musical del pueblo, la sobrina de ella (Nélida), que también ha estado en grupos musicales, bueno, por eso digo que es de familia esa voz, porque cantan como verdaderas artistas, también muchos de los hombres, familiares de la señora.—

—"*También tenemos grupo norteño, parece que la mayoría, o todos,son familiares, es el papá (Manuel) y los hijos*".—

Pintura

—Había un muchacho (Joel) muy guapo, parecía artista de cine, de hecho, era artista nato, pintaba como todo un profesional, nunca le dio nadie clases de pintura y pintó unos caballos cabalgando que parecía que iban a pisar a quienes contemplaban su obra, eran del tamaño de un caballo real, era un muchacho normal, las muchachas apreciaban su guapura, y él dibujó muchos rostros de muchachas en papel de estraza y servilletas de papel. Se dejó de ver por un tiempo y cuando volvió a salir a la calle, se le veía con un cigarro y una bebida oscura gaseosa, no lucía sucio, su tía se encargaba de traerlo limpio, sin embargo, ya no reconocía a toda la gente como lo hacía antes, respondía el saludo cuando se lo daban, pero no saludaba a quienes al parecer ya no conocía, se dice que este joven enfermó, lo que le ocasionó la demencia que lo acompañó hasta el último día de su vida.—

El futbol es un deporte también considerado como actividad recreativa.

—Lo que más le gusta al pueblo es el futbol, es un deporte que ha sido la afición de muchos habitantes, desde los impulsores, hasta los deportistas jugadores que luchan por obtener el triunfo (Alfredo, Abel, Álvaro, Angelino, Antonio, Arturo, Baltazar, Carlos, Cayetano, Cutberto, Dolores, Eduardo, Efraín, Enrique, Everardo, Fernando, Francisco, Gabriel, Héctor, Hugo, Javier, Franco, Gabino, Guadalupe, Gustavo, Herbert, Ignacio, Jairo, Jaime, Javier, Jesús, José Juan, José Luis, Juan, Juan, Julián, Manuel, Lazzer, Lidio, Luis, Mario, Mercedes, Nelson, Octavio, Pastor, Pedro, Raúl, René, Ricardo, Roberto, Rodolfo, Rubén, Salvador, Silvino, Víctor).—

Poesía

Días Extraños

Aunque los días y los meses pasen

El ser que más quiera, tú siempre serás

Y aunque nos comportamos como seres extraños

Cada día que pasa, te quiero mucho más.

Frío en mi corazón

Invierno no llegues,

Entristeces mi alma

Los recuerdos llegan,

La nostalgia avanza.

Plazo para retornar

Me siento a tomar un café, y me gusta recordar

Que llegué a este mundo, con un plazo, para regresar

Llegué sin nada, y todo lo que he hecho en este mundo

Sin duda, se quedará, llevándome las buenas obras

Si es que las hay, llega el momento de partir

Sin retorno, del más allá

Somos pasajeros, con un boleto para regresar

A un mundo desconocido, y no sabemos a dónde nos va a tocar.

Llegó la noche

Ya llegó la noche, a mi cuarto me retiro

Persigno a todos mis hijos y así tranquila respiro

Me pongo a escribir, porque me gusta

Ya terminó el día….

Pasan unas horas y comienza un nuevo día

Contenta voy al café, me acompaña una de mis hijas

Sentada en la camioneta, me tomo un café

Y platicamos tranquilas.

Orquídeas

Me gustan las orquídeas
Flores que no duran
Pero en mi mente perduran
Se secaron las flores
Mi corazón con ellas.

Noche oscura

La luna aparece, y empieza a alumbrar
Con un lucero al lado, para cambiar la oscuridad
Las estrellas brillan, y me pongo a apreciar
Dando gracias al cielo, por todo lo bello que nos da.

Diez de mayo

Felicidades para todas las madres
Para las que están y las que ya no están
Para nuestra querida mamá
Con todo el amor de sus hijos
Una sonrisa en los labios, una rosa en la mano
Les deseo a todas las mamas, un bonito día
Dando un fuerte abrazo, ¡Felicidades!

Adiós al temor

Mi temor era que yo faltara
Cuando mis hijos eran chicos
Y que el cielo me llevara…
Ya no hay temor
Mis hijos con su familia, en su casa
Gracias a Dios, adiós al temor.

JUANITA H. ESPÍNDOLA.

Chica Roma

Chica Roma, ¿Por qué eres tan afamada?

Ha de ser por tu rico metal

Por eso, eres codiciada

Decían que eras minas de ladrones.

Sin saber que en ti, se asomaban puros pesos y tostones.

Froilán Hernández

Dentro de las tradiciones locales, encontramos a creyentes religiosos que por medio de servicio (Adela, Guadalupe, Manuel, Pina, Pueblito, Serafina) procesiones y peregrinaciones, manifiestan su compromiso y su fe espiritual.

Las peregrinaciones del pueblo al Tepeyac, conformadas por mujeres que salen primero y hombres que las alcanzan, recibirán como premio el encuentro con la Guadalupana, soportan las inclemencias del tiempo, lo mismo les da caminar bajo los fuertes rayos del sol, que andar por los caminos lodosos resultantes de los fuertes aguaceros, y entre más sacrificios haya en el camino, mayor será la recompensa espiritual.

Es importante mencionar que la lista de nombres de las y los peregrinos es basta, sin embargo, solo se tiene el dato de dos testimonios, los cuales, se mencionan a continuación en orden alfabético, no cronológico, y con la socapa de omisión involuntaria.

—Los peregrinos que yo conocí eran muchos (Abel, Alfonso, Antonio, Eliseo, Enrique, Filemón, Genaro, Heliodoro, Jaime, Jesús, Joaquín, José, José Guadalupe, José Luis, Juan, Marco, Maximiliano, Noradino, Raimundo, Ricardo, Rodolfo, Sergio, Silvino, Timoteo, Valentín)—

—Yo me llevaba a mi hijo chiquito, y entre todas (Adela, Felisa, Guadalupe, María), lo cuidábamos.—

El tiempo libre cae bien a todos, y en la etapa infantil se vuelve imprescindible, en este sentido se puede recordar juegos tradicionales que a la fecha subsisten, por ejemplo, las carreras en costal, donde los competidores introducen las piernas dentro del costal y se colocan en línea para que una vez dada la señal de salida, comiencen a correr y quien llegue primero a la meta, es el ganador. El juego de rayuela también conocido como avioncito, el jugador debe pasar de ida y vuelta por cada uno de los cuadros marcados con un número, sin pisar contorno y tampoco donde se encuentre la piedra, la cual es recogida durante el regreso del jugador. El juego de canicas consta de un círculo de unos 30 centímetros marcado sobre la tierra y cada jugador pone el mismo número de canicas en el centro del círculo, cada jugador tiene su turno para golpear las canicas del centro y sacarlas para ganarlas, y quien acumule más canicas, es el ganador. La gallinita ciega es un juego tradicional donde un participante es vendado de los ojos, da tres giros y sale en busca de quien se quede con su puesto, para esto, debe reconocer por medio del tacto y del oído, una vez que reconoce la identidad del jugador, el destapado se queda con el puesto de gallinita ciega. El juego del cinturón escondido consiste en esconder un cinturón y quien lo encuentre deberá corretear a los jugadores para dar golpecitos con el cinturón, la manera de evitarlo es llegar a base antes que el poseedor del cinturón. Otros juegos tradicionales son el trompo, el yoyo, saltar la cuerda con las frases "carne, chile, mole y pozole" cada vez que incrementa la velocidad y el jugador debe saltar más rápido. El juego de las cuatro esquinas se realizaba dentro de la escuela primaria Julián Velázquez, en la hora del recreo, un megáfono de música emitía las canciones de la víbora de la mar y doña Blanca entre otras, entonces cuatro jugadores ocupan las cuatro esquinas dentro del borde de los árboles, estos jugadores deben cambiar de lugar con el jugador de al lado cuidando de no ser atrapados por el jugador que se encuentra en medio. Existen más juegos que al aire libre y de los que la mayoría reconocemos, ¿Quién no jugó las traes y congelado?

El entretenimiento en algunos casos suele convertirse en tradición cultural, tal es el acontecimiento de la pelea de gallos nombrados como el colorado, el giro y el pinto. Los antecedentes de las peleas de gallos en México, también se atribuyen a la llegada de los españoles, durante el Virreinato de la Nueva España, estas aves representan la valentía, y es con ésta, y con la bravura de resistencia como se le otorga la mención de ganador al gallo que vence al contrincante cuando el gallo ensangrentado por los picotazos y navajazos, "pone la pechuga en la tierra", en otras palabras, cae debilitado o muerto. Las peleas de gallos inicialmente se realizaban en casa de los jugadores, ellos y los invitados, permanecían atentos a los combates de los emplumados, rogaban obtener el gane por medio de su gallo para ganar las apuestas. Posteriormente, el ayuntamiento también tomaría la organización de las celebraciones que ya requerían espacios más amplios, es así como se formaron los comités organizadores de la pelea de gallos, entonces, optaron por utilizar el auditorio municipal para realizar "la gallera", también conocida como palenque. El ambiente se mostraba familiar hasta cierto punto, ya que los peldaños de las gradas no eran ocupados únicamente por hombres, también las mujeres se sumaban a disfrutar de la celebración, algunas hacían apuestas y otras más iban a ver y a escuchar a los cantantes, inicialmente, los cantantes eran lugareños, otros más venían de estados aledaños, más adelante, comenzaron a contratar artistas reconocidos de la radio y la televisión y es entonces, cuando podía verse incluso infantes entre los asistentes.

> —Las carreras de caballos se pueden hacer de más de dos caballos competidores pero yo recuerdo que generalmente se hacían con dos caballos y que dirigidos por sus jinetes, recorrían una buena distancia, ya el caballo que llegaba a la meta primero, ese, era el ganador, a veces no eran de la misma raza, hacían la carrera de manera abierta, yo vi un cuarto de milla que ya ni me acuerdo como se llamaba, pero era bueno, muy bueno el caballo y también el jinete, con ese caballo estaba asegurada la ganancia en las apuestas.—

Otra práctica tradicional relacionada con animales es la charrería, en éste, considerado deporte, se realiza el arte ecuestre. La charrería local, es una peculiaridad en la que algunos habitantes han sido sobresalientes, recordemos que la actividad ganadera es sustancial en la localidad, de tal manera que el pastoreo del ganado a caballo, el lazar con la reata por los cuernos o el cuello a los bovinos, se ha hecho desde tiempos muy lejanos, así mismo, con el comercio del ganado, los ganaderos comenzaron a unirse para formar agrupaciones que los conduciría a llevar a cabo espectáculos ecuestres mediante las suertes charras-

Los hombres charros portan camisa blanca, corbata de moño, pantalón con chaparreras, botines con espuelas, y sustancialmente, el sombrero. Por otra parte, las mujeres no han sido ajenas a esta práctica tradicional, las charras recientemente, también se han agrupado para formar la escaramuza local, (Aletia, Diana, Erika, Linda, María dela Luz, Mercedes, Rosalba, Verónica), estas intrépidas damas se coordinan con precisión y velocidad para efectuar las suertes o exhibiciones que engalanan el lienzo portando sus vestidos extensamente amplios, adornados con listones y encajes, así mismo, el sombrero y las botas que no pueden faltar.

Eventualmente, para la realización de estas prácticas, es indispensable el ruedo, en este sentido, el primer recinto donde se realizaban algunas actividades ecuestres era llamado como "toril", ahora el municipio cuenta con un digno lienzo charro.

SEMBLANZA DE LA AUTORA

Juanita, como todos me conocen en el pueblo, soy aficionada a la escritura. Nací en la ciudad de Querétaro, hija de Maximiliano, un hombre trabajador y precursor en el comercio de carnicería. Mi madre, de nombre Adela, fue una mujer altruista, fiel devota de la fe católica y de carácter fuerte en el tema de la disciplina y la buena conducta, sus órdenes debían ser obedecidas con tan solo una mirada.

Mis hermanos siguieron los pasos de mi padre, todos trabajadores, pendientes en apoyar cuando se les necesita, son padres que, mediante su ejemplo, inculcaron el trabajo a sus hijos para ser gente productiva y de bien. Mis hermanas dedicadas al hogar, entre ellas, la hermana que siempre gusta de aprender es como un libro del que puedes obtener información porque un día y en algún lugar, estudió lo que le llamó la atención, ella es buena para componer versos y poemas. La hermana trabajadora que se caracteriza por ser respetuosa ante cualquier opinión que pudiera no coincidir con su pensar, sin embargo, el respeto es sustancial para mantener coherencia en un ambiente de buen trato con los demás. La hermana de carácter fuerte en una analogía de pilar de resistencia, donde la fortaleza o debilidad de su construcción de la familia, depende de su buen cimiento, mi otra hermana, alegre con un gran espíritu de lucha, aficionada a competir en concursos de calaveras literarias donde ha salido triunfante, mujer ejemplo de resistencia que ofrece el hombro a quien necesita apoyo y enuncia con su positivismo que todo estará bien.

EZEQUIELMONTENSE POR DECESO

Fue en una fiesta en la capital, yo estaba platicando con la cuñada de mi hermana cuando de repente, detrás de mí, escuché la voz de un caballero que nos ofreció un refresco, ella tomó dos bebidas gaseosas y dijo:

—Gracias compadre.

Yo no lo vi, pero al siguiente día que vi a la cuñada de mi hermana, me dijo que su compadre había quedado enamorado de mí, que yo era esa mujer que él esperaba, la que veía en sus sueños, así me veía mientras dormía, con los ojos verdes y la piel de durazno. Yo no supe qué contestar, ni siquiera sabía de quién hablaba, fue hasta cuando me comentó que él era un amigo de infancia de su esposo y que se había convertido en su compadre, es quien nos había invitado unas bebidas, pero seguí igual o peor de confundida, ya que yo estaba de espaldas cuando él se acercó, ni siquiera lo vi, no podía dar opinión alguna. Ya en la casa de mi hermana, me avisaron que alguien me había llevado unos chocolates, se trataba del mismo caballero de la fiesta, yo no acepté los chocolates porque no era correcto hacerlo, ya que él era un desconocido para mí.

Pasaron pocos días, yo ya estaba de regreso en mi pueblo, acababa de terminar de dar catecismo a los niños, esperaba que no quedara ninguno para poder retirarme e irme a mi casa, cuando por fin, se fueron todos los niños, comencé a caminar y al llegar casi para dar vuelta a la esquina de mi casa, escuché una bonita canción que hablaba de unas "manos que son rosas, *por ser bellas*", al dar vuelta, vi un carro blanco, era el carro donde se emitía la música, y recargados sobre las portezuelas, se encontraban dos caballeros con marcada personalidad , uno de ellos caminó hacia mí y dio las buenas tardes, reconocí inmediatamente la voz, esa voz era la misma que me había ofrecido un refresco en la fiesta de la capital, yo por educación, respondí con un –Buenas tardes, y continué con mi camino, pero este caballero se posicionaba frente a mí y se presentó así mismo diciendo:

—Permítame presentarme, mi nombre es Armando, y desde que la conocí, no he dejado de pensar en usted, es más, yo ya la conocía desde antes, he estado esperando verla físicamente durante muchos años, pero por fin, la encontré, es usted justo como la he visto en mis sueños, ¡perdón!, déjeme presentarle a mi amigo y antigüedad, se llama Graco.

Saltaba a la vista la educación y formalidad de su acompañante, quien inclinando ligeramente la cabeza dijo:

—Mucho gusto señorita.

Yo no sabía que contestar, a pesar de que parecían confiables, eran dos personas desconocidas para mí, sin embargo, respondí a la presentación y saludo de los caballeros diciendo:

—Buenas tardes tengan ustedes, si me permiten, voy a continuar mi camino porque me esperan en casa.

Yo estaba a unos diez pasos de mi casa, llegué pronto, no podía negar que la primera impresión que tuve de aquél caballero fue interesante, se veía muy culto y educado, pero me intrigaba que a pesar de haberlo conocido por medio de su voz y en la capital, se encontrara en el pueblo, justo a unos pasos de mi casa, y esa no sería la única vez, durante algunos días seguí escuchando la misma canción y Armando me salía al paso.

Un día, finalizando la clase de catecismo, se presentó en el jardín chiquito, y acepté la invitación de sentarme en la banca del jardín para platicar con él, para conocernos mejor, aun cuando él ya tenía mucha información respecto a mis gustos, pasatiempos, e incluso, mi entorno familiar, así mismo, me compartió sus gustos por pilotear aviones, pasar el tiempo jugando golf, también me habló de su familia, de su Estado de origen que llevaba en su mente y en su corazón.

—¿De dónde eres?, le pregunté, y en seguida respondió:

—De donde "*la vida no vale nada*", como dijo José Alfredo, del bello Guanajuato, de un lugar muy antiguo que se llama Acámbaro.

—No conozco, le respondí.

—Lo vas a conocer, cuando estemos casados, iremos primero a dar gracias a la Virgen de San Juan de los Lagos, después, iremos a ese hermoso lugar que debes conocer y donde se venera a la Virgen del Refugio.

—¿Cómo?, enseguida le contesté, y el sonriendo me vio a los ojos y dijo:

—Perdón, al parecer, de los dos, soy el único que por dilección tiene la seguridad que eres mi destino como yo soy el tuyo, pero empecemos por el principio, ¿Quieres ser mi novia?

No puedo negar que me tomó por sorpresa su petición, de hecho, sentí que iba un poco de prisa, pero entendí que vivía a unos doscientos cuatro kilómetros de distancia, como él me decía, y de la propuesta, él estaba seguro de que yo aceptaría, sin embargo, no le di respuesta inmediata, lo dejé para la siguiente cita, obviamente mi respuesta fue afirmativa, él se puso tan contento que me regaló una pequeña bandera de México y una medalla, me dijo que esa bandera representaba el recuerdo de una gran batalla para él y la medalla el reconocimiento. Así pasaron los meses y decidimos casarnos, fue hasta entonces cuando realmente conocí al hombre con quien había decidido unir mi vida, primeramente, supe su edad, aunque no lo parecía, superaba la edad mía por dos décadas, sin embargo, a pesar que me llevé una gran sorpresa, eso no fue motivo para desistir de mi decisión.

Asistieron a nuestra boda importantes personajes de la política, nuestro padrino de velación fue el entonces Secretario de Educación Pública, recuerdo que me sentí algo confundida, Armando me había platicado que era militar y que trabajaba en el gobierno, pero no imaginé que traería como invitados a personas tan importantes como lo eran en aquélla época, además la cámara de fotografías era muy profesional, el camarógrafo nos seguía paso a paso, tomando imágenes desde que salí de mi casa camino hacia la iglesia chiquita , y detrás de nosotros, una gran cantidad de niños a quienes yo les daba catecismo, también nos acompañaron vecinos y demás habitantes del pueblo que alegraron la celebración, las religiosas lideradas por la madre Diluvina, adornaron la iglesia con flores blancas, la cámara seguía capturando imágenes hasta que regresamos a mi casa, y cuando no estábamos en movimiento, el camarógrafo montaba la gran cámara en un trípode.

Ya casados, me llevó a vivir con él a la zona más exclusiva de la capital, algunos fines de semana se reunía en casa con tres amigos, yo escuchaba que platicaban de eventos que los hacía quedarse en silencio por varios minutos, cada uno de ellos tenía su espacio para hablar, sus pláticas eran melancólicas, tanto, que yo prefería subir con los niños para respetar sus conversaciones, yo sabía, por lo que escuchaba, que

Armando haría un libro, y dentro de ese libro se mencionarían anécdotas de sus compañeros de guerra, Armando y sus amigos, eran sobrevivientes de la Segunda Guerra Mundial, siendo tenientes, combatieron en Filipinas y desafortunadamente, habían perdido compañeros, quienes murieron en cumplimiento de su deber. La secretaria, tomó notas en la máquina de escribir hasta haberse completado los capítulos, el título del libro nombrado "Escuadrón 201", se mandó a la editorial y quedó en calidad de "pendiente por publicar" sin llevarse a cabo la publicación ante el acto de birla del mismo. Además de su carrera militar, también era docente en el Instituto Politécnico Nacional (IPN), traductor de los idiomas inglés, francés, alemán, ruso, e italiano.

Un día, regresamos a casa después de haber convivido con un matrimonio constituido por una coterránea mía y un amigo de infancia, compañero de guerra y del actual trabajo de Armando, vimos un hombre sobre la banqueta, se notaba que tenía mucho frio, Armando detuvo el auto, se bajó y se quitó el abrigo colocándolo sobre el indigente, cuando subió al auto le pregunté si no había dejado la cartera en la bolsa del abrigo y dijo que no, que la cartera la traía en el saco, pero el sobre de honorarios que había en la bolsa del abrigo le iban a servir un poco a ese hombre para no pasar hambre, por lo menos, algunos días. Me di cuenta de que a pesar de tener una personalidad imponente, se había doblegado emocionalmente ante la vulnerabilidad del indigente.

En otra ocasión, tocaron a mi puerta y al abrir, un hombre, acompañado de su esposa y su hijito en brazos, preguntó por el capitán, y enseguida llegó mi esposo, los invitó a pasar, y antes de tomar asiento, el señor me entregó una caja, —*Es un pequeño presente, se lo trajimos de Veracruz, mi tierra, es una manera de agradecer lo que el capitán hizo por mí, dijo el señor.*

—No es necesario, contestó mi esposo.

—Déjeme platicarle a su esposa que estando yo encuartelado, usted me permitió ir a mi tierra para cumplir la promesa que le hice a mi madre, mire usted, yo le sé a la carpintería, es una enseñanza que heredé de mi padre, pero cuando me incorporé al ejército, mi madre me dijo que le prometiera que cuando ella muriera, la caja de muerto la haría yo con mis propias manos, y pude cumplir la promesa, gracias al capitán.

Algunos fines de semana, acostumbrábamos a reunirnos con nuestras amistades, en esas reuniones llegaron a amenizar el ambiente con sus voces, un sobrino (Álvaro) de un cantante exitoso, también la dama (Chela) del bastón de plata, eran nuestros vecinos. Igualmente teníamos reuniones con compañeros militares e ingenieros de Armando y sus esposas, entre ellos platicaban anécdotas muy interesantes, pero sobre todo, me di cuenta que me había casado con un hombre bueno, generoso, empático y justo, ese mismo hombre que al morir, se convirtió en un ezequielmontense más, al ser inhumado en un lugar que no lo vio nacer, y que a pesar de ello, reposa en un pueblo generoso que acoge y resguarda los restos de un hijo de la patria.

NOTA FINAL:

Se reitera, nuevamente, que esta obra contiene una crónica de datos históricos obtenidos mediante transmisiones orales provenientes de colaboradores anónimos y que dichas narraciones pudieran sorprender e incluso, hacer dudar al lector, así mismo, existe contenido recuperado de fuentes referenciadas, de tal manera que los argumentos transmitidos bajo "herencia oral", se consideran en tipología de mito etiológico, y a reserva crítica desde la perspectiva del lector, por otra parte, los datos referenciados, han sido actualizados para dar objetividad contemporánea al contenido, y pueden consultarse en la bibliografía de la obra. Además, como puede observarse, la impresión y producción de la obra se ha realizado en un transcurso de tres decenios, no obstante, es imprescindible aclarar que la razón principal se debe a la decisión particular de la autora, quien finalmente, y bajo su propia determinación, dispuso llevar a cabo la publicación de la misma.

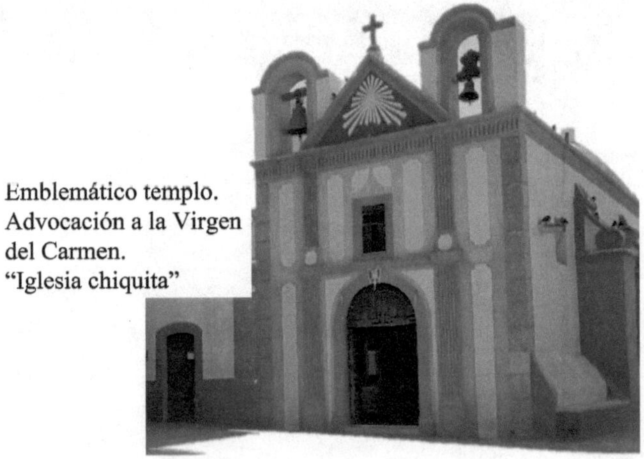

Emblemático templo.
Advocación a la Virgen
del Carmen.
"Iglesia chiquita"

NOTAS DEL LECTOR

BIBLIOGRAFÍA

[17]CNDH (s.f.) Expedición de las Leyes de Reforma. Recuperado de https://www.cndh.org.mx/

[19]Córdova I. (S.F.) Memórica. *Programa bracero*. Recuperado de https://memoricamexico.gob.mx/es/memorica/programa_bracero#:~:text=El%20 t%C3%A9rmino%20%E2%80%9Cbracero%E2%80%9D%20fue%20anterior,%E2%80%94%2C%20en%20las%20faenas%20agr%C3%ADcolas.

[14]DailyVerses.net. (2023) *Versículos de la biblia sobre el Salvador*. Disponible en: https://dailyverses.net/es/salvador

[8]De la Torre A. (2022) [Imagen] *Ezequiel Montes*. Gobierno de México. Secretaría de Bienestar. Recuperado de https://www.gob.mx/cms/uploads/attachment/file/698330/22_007_QRO_E zequiel_Montes.pdf

[11]Diccionario Electoral (s.f.) *Dedazo*. Recuperado de: http://diccionario.inep.org/D/DEDAZO.html

[9]Femat R. Roberto. (s.f.) Los partidos políticos antecedentes. Recuperado de: https://www.corteidh.or.cr/tablas/5274.pdf

[23]Fortson Blanco, James Robert (1987). «Ramón Rodríguez Familiar». Los Gobernantes de Querétaro historia:(1823-1987). México D. F.: J. R. Fortson y Cía., 1987. p. 204.

[16]García D. (2011) *Postcristiada en Querétaro* [Tesis]Recuperado de https://ri-ng.uaq.mx/bit tream/123456789/4612/1/1993%20-%20RI003924. pdf

[4]Gobierno de México (2018) *AGN Recuerda la creación del Registro Civil Mexicano*. Recuperado de

https://www.gob.mx/agn/articulos/agnrecuerda-la-creacion-del-registro-civil-mexicano

[20]Gobierno de México. Memórica (s.f.) *El registro de las personas: de la fe de bautizo al acta de nacimiento*. Recuperado de https://memoricamexico.gob.mx/es/memorica/Temas?ctId=3&cId=7b2daea4-4aa4-4163-8db4-647d0abc1073

[1]Gobierno de México (2022) El Virreinato de la Nueva España. Recuperado de https://nuevaescuelamexicana.sep.gob.mx/detalle-ficha/2687/

[21]Gobierno de México (2016) *La fiebre aftosa: El primer gran reto sanitario en México*. Recuperado de https://www.gob.mx/senasica/articulos/la-fiebre-aftosa-el-primer-gran-reto- sanitario-en-mexico

[18]Gobierno de México (2019) "La tierra es de quien la trabaja" o Zapata, el eterno insurrecto. Recuperado de https://www.gob.mx/cultura/articulos/la-tierra-es-de-quien-la-trabaja-o-zap ata-el-eterno-insurrecto?idiom=es

[2]Goyas Mejía, Ramón. (2020). *Tierras por razón de pueblo. Ejidos y fundos legales de los pueblos de indios durante la época colonial. Estudios de historia novohispana*, (63), 67-102. Epub 21 de enero de 2021.https://doi.org/10.22201/iih.24486922e.2020.63.75367

[13]Jujo (2020) andwritting. Frases de Winston Churchill. Disponible en: https://andwritings.com/frases-de-winston-churchill/

[15]"Las citas bíblicas son tomadas de *LA BIBLIA DE LAS AMERICAS* © Copyright 1986, 1995, 1997 by The Lockman Foundation Usadas con permiso."

[22]Medina Hernández, A., & Rivas Cetina, F. J. (2010). Las corridas de toros en los pueblos mayas orientales. Una aproximación etnográfica. *Estudios de cultura maya*, 35, 131-162.

[6]"Mexico, Querétaro, Registros de la Iglesia Católica, 1590-1970." Base de datos con imágenes. *FamilySearch*. Sitio web visitada 2016. Parroquias Católicas, Querétaro (Parroquias de la Iglesia Católica, Querétaro)

[12]"Política". Autor: Equipo editorial, Etecé. De: Argentina. Para: *Concepto.de*. Disponible en: https://concepto.de/politica/. Última edición: 5 de agosto de 2021. Consultado: 05 de mayo de 2023 Fuente: https://concepto.de/politica/#ixzz80yzQkd7q

[7]Soto A., Consuelo (2009) *La Tenencia de la Tierra en el Estado de Querétaro*. Recuperado de file:///C:/Users/rohbl/Downloads/58870-Texto%20del%20art%C3%ADculo-1 69745-1-10-20170226.pdf

[5]Turismo Cadereyta de (s.f.) Historia. Recuperado de https://turismo-cadereyta.webnode.mx/sobre-nosotros/

[3]Wikipedia. La enciclopedia libre. (2023) *Bernal Querétaro*. Recuperado de: https://es.wikipedia.org/wiki/Bernal_(Quer%C3%A9taro)

[10]Wikipedia. La enciclopedia libre. (2023) *Partido Revolucionario Institucional*. Recuperado de: https://es.wikipedia.org/wiki/Partido_Revolucionario_Institucional